牛媽的床邊故事

療癒之花

牛媽 著

博客思出版社

目錄

人物介紹

白洛普　行醫世家下一代的繼承人，具有與動物溝通的能力，性格勇敢聰穎。

白震山　白家醫學的繼承人也是白洛普的父親，性格灑脫而仁厚。

簡和祥　白洛普的母親，智慧內斂，果敢而堅毅，是白震山的精神支柱。

簡和雲　簡和祥的大妹，白洛普的姨媽，喜歡帶著白洛普出門遊玩。

簡和慧　簡和祥的小妹，亦是祥雲寺的出家女尼，法號釋聰慧。

馬原　白家藥鋪的掌櫃，也是採藥大隊的副指揮。

方勵行　白家帳房，負責採藥大隊的後勤與補給。

魯雲班　白家的門房，盡責而忠心，個性耿直。

魯大白　魯雲班養的一隻大白狗，聰明伶俐、通曉人性，但是非常貪吃。

達可　白家眾貓的領袖，平時跟在白震山身邊，隨時傳達主人的命令。

梅鈴　白洛普的保鏢貓，體型碩大但溫和冷靜，因背上斑點似梅花而得名。

梵魯笛　一隻千年大龜，也是荊棘林的守護者，能同時往來於不同靈界。

畢管家　白家的管家，本名劉百樹，一個覬覦白家寶藏的大賊。
小石頭　灰鼠，白洛普的動物朋友，富冒險精神，願意與不同物種結交朋友。
芬多　鴿子，白洛普和小石頭的朋友，時常銜香花送給洛普，得名芬多。
釋空海　十方禪寺的住持也是白震山的好友，總是在各方面協助他。
吳有誠　鐵匠，畢生以殞鐵劍重出於世為志，家族祖先為創建山城的先驅之一。
瑞奶奶　九十多歲，身體健朗，性格幽默，喜歡說故事給孩童聽的老奶奶。
王大范　瑞奶奶的玄孫，喜歡在瑞奶奶說故事的時候，扮演故事裡的角色。
孫雲鵬　瑞奶奶的父親，也是一位眼光精準，以品德為商務之要的成功商人。
斯拉雅達　白龍，其他界面的生命，與釋空海是好友。
薩米亞　青龍，斯拉雅達的兒子。
西亞納　精靈，協助荊棘開花的精靈界存有。
黃財發　大地主，富有而貪婪，夢想長生不老。

第一章 荊棘林

故事，要從一個古老的，坐落在山腰下的一個小山城說起，小山城傍著山腰下廣闊的平緩坡而建，山城裡特殊而優美的建築形式，說明了至少有一千年以上的時光，悄悄地經過了她，這山城擁有一座美麗的四柱三門石牌坊，石牌坊有著石塊雕鑿的歇山頂、柱、樑，和小部件的裝飾，架上是三疊牌樓，中間有一匾額，匾額上有「青龍城」三字，兩旁是雙龍戲珠的鏤空雕飾，柱邊左右各有一公一母的石獅，玄黑色的牌坊石料顯得整座牌坊特別的氣勢宏偉，簡潔生動，線條流暢的雕刻細部，讓人見識了當時藝術高度發展的水準和工匠俐落不拖泥帶水一氣呵成的功夫，特殊石材歷經風雨的打磨，細部隱見如珠光的亮澤，使得這年代久遠的牌樓，不但沒有歷經風霜的陳舊感，還給人有一種活生生像流動著生命一樣的感覺，彷彿她正在靜謐地呼吸著，沉澱著歷史。

時序剛剛入了秋，這天早晨，從山頂上吹下來的陣陣涼風，攜帶著山上獨有的各種鮮花夾雜著鮮草苔蘚的清新香氣，吹入了繚繞著小山城的薄霧中，沁入了人們與動物們的心脾，提振了晨起的心神，使得太陽才剛剛從地平線上升起，小鳥們已經迫不及待的開始練練嗓子了，不同的鳥叫聲此起彼落，像是要喚醒尚在沉睡中的大地萬物，使得各種不同的鳴啼聲像是突然甦醒了一般，由遠而近的一起喧鬧了起來，不久，小山城裡的公雞，也開始嘹亮地宣布一天的開始，於是山城裡的家家戶戶也陸陸續續的傳出了各種的聲響，裊裊的炊煙紛紛升起融入了薄霧之中，似乎正在預告著，這將是充滿活力又忙碌的一天。

依山而建的小山城，房舍結合了石材的堅固與木料的精美，檐部特殊的飛簷翹角造型看似相同，但家家戶戶在飛簷底部的斗拱處卻有著不同的設計，斗栱交疊曲木的各種變化，構造出了各種各樣的飛簷，一眼望去，層層疊疊的飛簷不但壯觀，還有著一種雖莊嚴但不失靈巧，雖輕快但兼具脫俗的動感與美感，動物造型的瓦當，豐富了觀賞的趣味，建築色調上與牌樓相呼應，大量採用與牌坊一樣的玄黑石，顯得大器而樸實，沉穩而內斂，搭配品質極高的青色石板鋪路，使得山城的氛圍在嚴謹中有一種隱約的華麗，如果不是家家戶戶於門前兩旁和周邊栽花植草，一處處各種爭奇鬥艷五顏六色像瀑布一樣傾瀉怒放的花海，很難想像這看起來像遺世獨立的山城裡面的人們，其實是非常熱情好客，活潑開朗的。

送走了燠熱的夏天，山城人們的聲音聽起來精神爽利多了，賣東西吆喝的聲音也更響亮了，誰也沒有注意到，就在城邊的空地上，一隻小老鼠，正在和他的鴿子朋友聊著天……。

「我就說那戶人家很小氣嘛！」老鼠小石頭氣呼呼地說道。

「哎呀！我當然知道啊！但是他們的玉米種子沒灑好都露在泥土外面了，很難不想冒個險嘛！」鴿子芬多歪著頭回想著說。

「那家的老婆婆最兇了，我上次也是被她拿著長棍追著跑耶！嚇死我了。」

牠們一面聊著一面不時的望著遠方的青石板路，像是在等著什麼人，直到步道上出現了一個小女孩和一隻貓的身影。

小女孩看起來約莫五六歲的年紀，清秀細緻的五官配上左右各一的雙平髮髻和在風中飄飛著的粉色髮帶，凸顯了女孩一雙水靈的大眼，小女孩的神情有著一種超乎年齡的冷靜與沉著，彷彿能看透一切的眼神更透露著一種清明與睿智，女孩穿著粉色高立領右衽有著特殊紅色花盤扣的短上衣，搭配著一件乳白色布料上有著同色小碎花刺繡的寬鬆麻花長褲，就著一雙藍布繡粉梅花鞋，看起來特別的精神。

女孩的身邊是一隻混色虎斑大貓，牠的臉和四肢是虎斑紋，但胸前卻是一片雪白的長毛，背上有像梅花一樣的斑點，頸上垂掛著一個美麗的金色鈴鐺，隨著牠的步伐，那金色的鈴鐺，在陽光下一閃一閃的閃爍著，牠胸前雪白的長毛剛好襯托出了鈴鐺做工的美麗與精緻，牠碩大的身體與其說牠是貓，不如說更像一隻小老虎，大貓豎直著像刷子一樣的長毛尾巴緩步走著，姿態優雅，眼神卻是銳利而警覺，說明牠正處在警戒狀態。

「來啦！來啦！今天還真慢哪！」鴿子芬多說著就朝他們飛了過去一面興奮得喳喳個不停。

老鼠小石頭雙手交握著眼神期待的看著小女孩的到來，完全無視女孩身旁那隻搖擺著尾巴看起來神氣活現的虎斑大貓也正向著牠走近。

鴿子芬多一面陪著他們飛過來，一面喳喳的向小女孩「說」個不停，小女孩時而神情嚴肅時而笑開來，似乎一面走路一面正仔細聽著芬多說話……。

待走到了城外空地邊，小老鼠早已一躍而起，小女孩也正好躬身接住了牠在掌心裡，一如往常，小老鼠微抬起了頭，小女孩就在這小寶貝的額頭上親吻了一下。此時鴿子芬多還在說著：

「其實我只是想吃他幾粒玉米種子啊！又不是全吃掉嘛！」

小女孩轉頭微笑看著芬多。

「芬多！查婆婆又不是我，她怎麼聽得懂你在說什麼呢？」說著他們已經走到一棵大樹下，白洛普伸手進口袋拿出了一塊烤得香噴噴的奶酪大餅掰成小塊分給她的好朋友。

「洛普，我們今天等了好久喔！我口水都流一地了。」已經久等的小石頭忍不住大聲的說，接著就捧起奶酪大餅專心的吃了起來……鴿子芬多也開心的吃著。

「無論如何，我都希望你們儘量不要再去查婆婆的家，你們大可以等我來或是去找我，總比冒著生命危險要好啊！我可不願失去我的好朋友。」白洛普一面細心的掰著適合鴿子大小的餅塊一面對他們說。

「唉呀！你家門禁森嚴連老鼠都進不去啊！」小石頭用誇張的語氣說一面斜眼睨了虎斑貓一眼，虎斑貓梅鈴假裝沒看見卻是一臉憋笑的表情，看得白洛普不禁哈哈大笑起來。

白洛普的家，在這個城鎮上是有名的大宅邸，因為世代行醫，家裡有許多寶貴的藥材甚至用來治病的寶石，都需要家裡養的數十隻貓值班看守，倒不是在防住在小城裡的人們，也不是防從遙遠外地慕名而來治病的人，而是防著有一些來到這裡好奇尋寶的人，其中不乏有一些貪心者，他們眼裡只有物質利益，覬覦著白家寶庫中的寶藏，假借看病的名義，打探虛實，想盜取一些傳說中的珍寶大發利市。

白家所豢養的貓並不是普通的貓，那是白家祖先從高原地帶帶回的山貓與家貓混種後的後代，他們有著比一般平地貓兒更碩大的身軀，長三倍的爪子，更靈敏的感官與更矯捷的身手，他們不像狗，能被食物引誘或者被巨響嚇跑，他們世世代代為了守護寶物，打不退、嚇不跑、戰到死，歷來沒有一個偷兒能抵擋這從四面八方像魅影一般攻來的利爪，使得白家寶庫，從第一代先驅開始直至現今的基業，完好無損，當然，那也是吸引更多慕名而來的覬覦著的原因。

並不是每隻在白家出生的貓都會留下來，他們必須經過嚴格的篩選，不夠靈敏和強健，性格不夠穩定冷靜的，會被送到山下其他的城鎮，讓一般人家豢養，他們非常歡迎這些具有傳奇色彩的貓，因為牠們無懈可擊的看守本領，實在是太聲名遠播了。

「小石頭啊！請你面對大部分貓都不喜歡老鼠的現實吧！牠們也實在不是故意為難你啊！」白洛普大笑著說，這時虎斑貓梅鈴終於忍不住也笑了出來。

「牠們只是盡忠職守嚇唬嚇唬你啦！誰不知道你是洛普的朋友啊！」梅鈴沒好氣的說。

「哼！還不是我跑的快！」小石頭驕傲的說。

這時鴿子芬多突然像是發現了什麼似的。

「小石頭！看來還是你們老鼠比較行，我今天差點被查婆婆打到耶，到現在還心有餘悸。」

「你這樣說不對吧！再怎麼說也是你們有翅膀的比較快，我真想體驗飛的感覺耶！」

「我才想體驗那種在陸地上超快速移動是啥感覺嘞！」

突然一陣靜默，所有在場的，腦子裡都同時出現了一個畫面，那是鴿子載著老鼠飛，老鼠載著鴿子跑的畫面。

「啊！啊！啊！就這樣辦就這樣辦！我明天去叫我的家人朋友來你也是，我想跟大家一起分享這個體驗！」小石頭興奮的說。

「好啊！那一定好玩極了！」

「那明天早上就在這裡集合吧！」

「就這麼說定了！」

「嗯，兩位忘了明天的日子了，明早我們得去荊棘林啊！」白洛普帶著有點不好意思的語氣說。

「啊！啊！對啊！對啊！就是明天了！」老鼠小石頭與鴿子芬多一起驚呼。

「不如這樣吧！我們鼠輩為了好玩的事是可以犧牲睡眠的！我們就下午來玩吧，況且我還真有點等不及呢！」

「好主意！」芬多附和著。

於是，小石頭與芬多在約好的下午時間，各自帶了親朋好友一起來空地玩這個遊戲，當小老鼠們在鴿子背上飛起來的時候，沒有不大呼小叫的，尤其是小小鼠們，從驚恐得瞇著眼，到張大眼驚奇的看著這陸地上看不到的美景，大家都很感謝小石頭與芬多，當然，大老鼠們也使出了最快的衝刺速度，讓鴿子們也嚐嚐飛毛腿是什麼滋味，鴿子們對於那種直線加速像是瞬間移動的感覺，大呼過癮極了！

小城邊的空地再過去是一條從山上蜿蜒下來還頗為湍急的溪流，溪流邊有幾棵年老的大樹，溪流過去就是一片原始森林，小城人們的祖先為方便進出森林，建了一座穿越溪流，連接空地與森林的大石橋，並在溪流旁植了樹，用以告誡子孫，維持森林的原貌，是唯一的祖訓，從這些溪邊古老的大樹來看，小城與石橋，年代已經是非常非常的久遠了。

過了石橋的左邊，順著溪流一路往上就是進入森林的深處，中間經過一片從前溪流的支流乾涸後留下的大面積的石頭溪床，石灘邊長滿了不知年代的荊棘矮樹林，是故對小城的人來說，那片荊棘林就算是這片平地森林的盡頭，因為再往上就開始進入大山，無盡的原始森林有各種各樣的野生動物，充滿了各種危險，這片荊棘林並不黑暗，相反的因為沒有大樹遮陽，還頗為明亮，只是一整大片黑色帶刺的荊棘，總給人一種望之生畏的感覺，更何況，人們時常見到那裡有許多蛻下的蛇皮，於是就有傳言說荊棘林是個大蛇窟，小孩兒千萬不可以靠近，其實，那只是森林裡的大蛇需要藉助荊棘的刺勾去需要蛻掉的皮，他們一點兒也不喜歡住在那裡，根本沒有小動物喜歡在那裡活動，自然，也不是方便蛇類捕食的地方，所以，真實的情況是，並沒有一隻蛇待在那裡。這一點，對於白洛普和她的同伴來說，是再清楚不過了。

第二章 遠古大龜

事實上，荊棘林只有一位住戶，那是一隻很老很老的大烏龜，他並不清楚自己的歲數，他只是告訴白洛普，當他還小的時候，小城還沒出現，只有大片的森林，那時，他看見荊棘林開了一次花，是又大又美麗的紅色薔薇，花瓣近乎透明，在陽光下閃亮得像是放著光一樣，花期整整開了半年，香氣卻是足足在森林裡多迴盪了兩個月才淡去。後來人類來到這裡，建了小城以後，荊棘林又開了一次花，但是，這一段像傳奇似的美麗與香氣，只有在小城的古誌裡才找得到，而這段記載，早已被人們所遺忘，因為，沒有一個人知道荊棘是活著的，除了白洛普。

這要從白洛普五歲那年的新年說起，忙碌了一整年的人們都在利用新年的期間好好的休息，白家卻是例外，因為新年期間，大家為了討一個新年的吉利，一般沒什麼大問題的話都不喜歡去看病，所以每年新年，白家只留下幾位看急症的大夫負責看診，其餘大夫與家丁都隨白家男主人白震山上山採藥材，他們兵分兩路，一路是毛驢隊，先五天出發，一路是白震山的精簡馬隊，一路奔上高山上的高原帶進行採藥工作，一部分人陸續將採好的藥材送下來與尚在前進的毛驢隊會合，裝滿藥材的毛驢就先行返回，其他的繼續前進或等待，這樣搶時間的方式，是因為趁雪還未溶之前採的藥，必須趁新鮮儘快送回處理，需乾燥的乾燥需浸泡的浸泡，或者即刻調理成藥丸、油膏、藥粉，然後封存起來，有些要反覆蒸曬或需要炮製或者熬煉的藥材，也得一一按程序不得馬虎的仔細處裡。所以新年期間，白家總是全體總動員的忙碌著。

那一年的新年來得早也比往年都要暖和，才初春，除了更高點兒的山上，其餘各處的積雪都已經逐漸開始融化了，但是山上的積雪化成的冰水，卻讓原本已經有些湍急的溪流，因為巨大的水量衝擊，發出轟隆隆的聲音，小城裡因此更顯得安靜得出奇，連叫賣的小販都休息了。

就在白家上下都在忙活兒的時候，誰也沒注意一個小女娃走出了家門，據白洛普事後回憶，那天早晨，似乎被街道的靜謐給吸引了，走在空蕩蕩的石板街上，就像走在一個從來都沒有去過的地方，連常去的幾家館子、鋪子，關著門或是上了板門顯得冷冷清清的門口都看起來很陌生，她一路走到了城邊的空地，上了大石橋，蹲在石橋的中間段，透過石橋的欄杆空隙，出神的望著滔滔的大水奔流，耳邊聽著轟轟的水聲與陣陣的風聲，內心感到無比的寧靜，彷彿天地間只剩下她一個人，其他什麼都不存在了。

突然間，一種感覺召喚著她站了起來並朝著森林的方向望去，她不自覺的邁開了步子向石橋的另一端走去，石橋過後是那座小孩兒沒有大人陪著不許去的森林，但是這一天，白洛普卻走過了石橋，左轉沿著溪流一路向上走，她感覺這一切的情景很熟悉，就好像已經重複走過了千百次一樣，走著走著，一路就走到了荊棘林。

從小受過特殊嗅覺訓練，在藥材堆裡長大的白洛普，還沒有走到荊棘林，就聞到了一股特殊的香氣，味道雖然淺，但經驗告訴她，這裡有著特別的甚至是藥用的植物。這天早晨的霧特別濃，若不是她能辨識那是某種植物的味道，幾乎就要以為那香氣是這陣霧帶來的。就在她為這淺淺的香氣著迷的時候，聽見了一個聲音，她知道，那是一個動物在對她的心說話的聲音，這與生俱來的和動物說話的能力，除了白洛普的母親，沒有其他人知道。

「你好啊！朋友！」那是一個渾厚響亮，結實又精神充滿並且聽起來很愉快的聲音，白洛普正在尋找著聲音的來源，就看見一隻巨大的烏龜，正在她的腳前，仰著頭對著她開心的笑著。

「啊！你好啊！」白洛普吃驚的回應著，驚訝地望著眼前的龐然大物。

大龜哈哈的笑了起來，使得起先有些心驚的白洛普，隨著這乾淨清朗的笑聲，感覺逐漸輕鬆愉快了起來，甚至她也跟著一起莫名的笑了，這情景對她一樣感覺很熟悉，就好像眼前的大龜是她認識了好久的老朋友，在很久很久以前他們就這樣放鬆心情的笑著。

這時，她想起了那個讓她有點在意的香氣，那是她確定從沒有聞過的，她想知道那究竟是什麼，於是她將雙臂向兩旁張開說。

「這個香香的是什麼呢？」

「你蹲下看看。」

白洛普蹲下仔細看著腳下的四周，大龜什麼也不說好似要讓她自己去發現，的確，她發現了那裡有著一種她從未見過的蕨類，細細長長的，末端捲曲著，散發著淡淡的香氣，這種香氣讓人有一種說不出的舒暢感，白洛普用手輕觸著這種蕨類，她還有著細細的絨毛，上頭霑著顆顆晶瑩的水珠，在陽光下閃閃發光著。

「就是這個麼?它叫什麼呢？」

「它是我主要的食物，我都叫她藍蕨，因為她雖然看起來是綠色，但是其實她發出的光是淡藍色的。」

白洛普眼睛不聚焦的觀察著這植物周邊的光圈，那是她發現可以看到物質光色的方法，的確她看到了這種特殊香氣的植物周圍，散發著淺藍色的光芒。

「那我可以吃吃看嗎？」

「當然可以啊!嚐嚐它吧！」

語音未落，已經有一枝嫩蕨進了白洛普的小嘴。隨即是讚嘆的歡呼聲……。

「哇！好好吃耶！」白洛普頓時感到身體舒暢無比，像睡了場好覺，精力充沛，整個世界都變得更清晰色彩更分明了，她忍不住深深吸了一口氣，閉上雙眼，好好享受這當下的體驗。

「真高興你喜歡，這是這片荊棘林送給我的禮物呢！」

「禮物？這不是它們自己長的嗎？」

「所有的一切都是振動，最初源頭意識成就了所有的生命，我已學會運用意念想法與源頭溝通，以意念之光實化我的願望，當光逐漸慢下來，就會實化了我們在物質層面的願望，光的振動只要變慢，形體就出現了，以你們人類的計算時間來說，我在這裡已經有幾千年的時間了，我分享著我的祝福給周圍的所有一切，他們也在回應分享他們的創造呢！形體與顏色和氣味，彼此能量是可以相互轉換調整的，你除了有可以看到物質光圈顏色的能力還有著敏銳的嗅覺，所以在你還未看到形體以前，你先嗅到了它特殊的香氣，這種敏感的程度甚至可以嗅到其他不同維度空間的味道，妳以後可以慢慢體驗，就好像有些人對於色彩的振動或物體的大小樣貌更敏感，所以可以辨識比常人更多的顏色或注意到形體不同的形狀與大小比例的不同，而其他人卻注意不到一樣。」

「那這麼說，所有一切東西都只是振動的不同，可以出現那也可以消失？」白洛普像是突然明白了什麼。

「對的，妳很聰明，不過對於這個世界的大部分人來說，還不理解要如何轉化物質，只有少數的人做得到，以至於他們甚至可以不需要經歷肉身的所謂死亡，只要直接將物質的身體轉化返回光的本質就可以了。」

「所以人類其實並不需要一定得透過死亡的過程才能離開這個世界，因為在心的位置，有著光解肉身體的原始力量，如果你將來有機會看到這光解的過程，你將會看見三道光，祂們分別有著自己的振動和顏色，淺藍色的光是肉身體的靈魂，也是大地母親給我們的禮物，祂和你有一定的聯繫，在妳的靈魂還沒與祂結合以前，祂就已經依照你的設定，在母親的肚子裡開始成長了，綠色的光是我們靈魂的記錄者，祂負責記錄我們所有經歷的軌跡和情感，當人們用心感知到祂，也會同時感知到了良知或說同理心，最後是位置在最上面的那道像太陽一樣金色亮光，祂是來自本源的自己。如果你想嘗試到宇宙其他的地方遨遊，你也可以運用你的意念將第一道淺藍色的光圍繞起來攜帶著祂去你想去的地方，那裏的大地會和你一起將妳自己實化成與那裏環境和諧共振相匹配的肉身體，妳就不需要再透過從那裏的母體出生來獲得物質身體了，當然，那時妳的樣子也會和現在不同，因為那是另一個與這裡振動不一樣的世界，那裏的生命將會有與環境相匹配的外型，這就好像同樣是烏龜，在地球這一端的與另一端的，不會長得完全相同一樣。」

「我看到好多這個世界的人們喜歡金銀財寶，有些人甚至用盡一切的力量和生命的時間去獲得只為了更多的囤積它們，而其實所有一切物質，原來只是振動的不同，生命透過彼此的分享就可以滿足彼此的需要啊，那這樣說來，到底得到比別人更多更多還有什麼意義呢？」白洛普突然有感而發說。

白洛普聽得入神，腦海裡圍繞著她從出生以來見過的各種形形色色的人們，突然想起了查婆婆來，想起查婆婆總是要求三個兒子提供她更多其實根本用不完的金錢物質，自己卻非常的吝嗇，寧可讓囤積的雞蛋放到壞掉，也不分享給需要的人一起享用，她的家更像一個堅固需要防守的城堡一樣，除了窗櫺上敷著薄紗用來透氣的窗子，所有縫隙都封得嚴嚴實實，無論是窗和門都有著四五道以上的鎖，只因為她的家中囤積了大量收集而來並且根本用不到的器物用品，包括大量的鍋碗瓢盆，其中有金屬的、有陶瓷的、有木料的，擠得家中水洩不通，有時連行走都有困難，兒子屢勸她不聽，只能忍耐著這些不便，一方面不時的趁查婆婆不注意時，偷偷送掉還可以用的物件和丟掉其實已損壞不堪的物品，讓自己在這堆令人感到壓迫與窒息的亂七八糟的大小用具中小喘一口氣。

「當物質不匱乏而依然不滿足的時候，這樣的匱乏就不再是物質層面而是心裡層面，心裡層面的匱乏形成原因有許多，但根本在於與整體失去連結，它就像一種疾病一樣，在人們意識相互影響下形成了集體潛意識，也在代代相傳下，進入了遺傳意識，當一個人遇到問題的第一時間若產生了負面的感受與負面的思考，多半是受到這兩方面意識流的影響，若能警覺將之推開或不予理會，就可活出本我真正的意願。匱乏感所形成的『要比別人獲取更多』的這種意識，造成了過多的慾望，使得原本彼此分享就可以因能量相互增長而產生豐足的道路，變成了相互競爭，只為自身私利而活的走向，如此產生的慾望與匱乏感交替增長的結果，種種負面情緒與傷害他人的想法就因此產生了。另外，你們不是有句話叫做視金錢如糞土嗎？真實的情況是金錢如果不是為了應用，純粹只是受了永遠填不滿的欲望指使，為了囤積而囤積，那就真的與糞土沒有分別了，如此的生命哪怕只是用在討論如何囤積更多除了生存需求以外的所謂財富，都跟正在討論如何囤積糞土是一樣的意義，確實如妳所說，如此將白白浪費了一生寶貴的時光，這對於其他懂得活在當下享受存在與懂得分享的生命來說是不可思議的。」

「那麼人類食用動物，是傷害了生命嗎？」白洛普想到從小自己就不食肉類的情況，無論大人怎樣的勸說，她也不知如何解釋那對她而言是傷心的食物。

「妳問了一個非常好的問題，其實這個問題不在於吃不吃其他動物，而在於活在這個世界與萬物共存時，是否只拿取而不給予，對於需要食用動物的人而言，如果能尊重生命只取用生存所需並心懷感激，誠心祝福，那麼就會有光能進入這些動物死去的身體裡協助牠們提升，即便只是對著被切割後的一小塊祝福，也能利益牠下一個生命進程，人類要與哪些生命相互分享都是自己的選擇，整體是公平的，如果人類只拿取而不給予，過分地掠奪與剝削其他動物，那麼吃和被吃其實只是同一件事的往復循環而已。」

白洛普理解的點了點頭，這個回答解決了她心中存在了好久的問題，大龜說得沒錯，從小她就感覺到大自然有大自然的規律脈動，生命於內在彼此相連、共存、支持和分享，但是如同囤積財富一樣，人們總是拿取過多，完全超過了自身實際的需求，以致使一切失去了平衡。

「那麼你怎麼知道我看得到光色呢？」

白洛普聽得津津有味之餘，感覺到除了大龜說的話在她的心裡產生了共鳴以外，她也驚訝大龜對於她的瞭解和熟悉，她從未告訴任何人關於她看到物體外圈光色的這件事，自從她很小的時候發現，只有她看得見而別人卻看不見之後。

「呵呵呵……真相是其實每個人都是可以看得見的，只是在遙遠的過去，人類被某種力量分別了語言，在各種不同種族之間再也無法溝通後，真人的能力和知識就逐漸喪失了，所有屬於心靈的內感官包括內裡的眼睛，都好像睡著了的人一樣，也從此關閉了。」

「既然如此，為什麼我看得見呢？」

「好朋友啊，妳並不是這一世才看得到，妳上一世就能看到了，事實上，妳已經在自己身上下了好多世的功夫，因為妳想明白宇宙萬物的真相，當妳有了比一般人更進一步的對宇宙萬物的領悟，妳就會希望攜帶著妳的領悟，再次投生回到這裡來繼續妳的旅程，以及分享妳所得到的領悟給其他同樣對真知有著渴望的人們。」

大龜說的話讓白洛普沉思了許久，自從她有記憶開始，她就感知到自己並不止於這個身體所成為的自己，還有一個更廣大的自己在照看著她，所有的一切都無形的連結著，也相互影響著，只是只有她發現了這件事，而今天，竟然是一隻大烏龜說出了她所感知到的，就好像另一個自己在跟自己對話一樣，所不同的是，不再孤單的感覺真是太美好了。

那個早晨，白洛普與大龜梵魯笛的相遇，感覺自己就像點亮了燈火的燈籠，對前方的世界突然有一種說不出的熟悉，身體也有一種更輕更自由的感覺。以至於在回程的路上，走累了就靠在城邊的大石頭邊上安適得睡著了，直到家裡的貓老大領著大人發現了她。

大家都以為她只是走到了城邊上的空地，玩累了就睡著了。但是尋到她的貓咪達可確定白洛普身上多了一些從前沒有的味道，達可踮著後腳讓前腳搭著她的胸前仔細嗅著她的嘴邊，唯有達可知道，這可不是趟簡單的旅程呢！

當天晚上，白洛普一整夜都無法入眠，除了白天的經歷帶給她的震撼，更主要的原因是，在黑暗中無論睜開眼還是閉上眼，眼前都是一片光亮，彷彿置身在一個廣大金色光明的空間，看不到邊際，或者根本沒有邊際。

第三章 小石頭的冒險

小山城北邊的盡頭處，有一家打鐵舖子，據說這家鐵鋪，從小城建成之初就已經存在了，也就是說現任鐵鋪主人吳有誠的先祖，亦是當初遠從外地遷徙來此，興建山城的先驅者之一。

在這些古代的先驅者裡面，有隱世的奇人異士、避難的貴族、世襲的官家……其中又不乏有飽學經史法的文人、家財萬貫精通多種語言的商人與當時一等一的建築石匠、木匠、鐵匠與陶瓷等技藝超群的工匠，當然也有像白家這樣具有醫療技術古稱「方技」的醫家，還有其他例如陰陽家、戲曲、舞蹈、說唱、書畫甚至雜技等藝術專家、陰陽數術、農耕育種、風水堪輿、參佛修道者等等，他們從不同的地方遷徙來此並帶來了大批各樣的技術人才，據說是因為，這裡有著特殊的地形地貌與風水格局，這些先祖認為，這裡不但是藏風聚氣的寶地，更是各種知識傳承的保護地。

以鐵匠吳家來說，當初祖先遷徙至此，就是為了此地傳說中的「聖水」而來，吳家先祖精通殞鐵的鑄劍方法，所造寶劍削鐵如泥、無堅不摧，無論如何彎折都能即刻復原無損，只是千年寒鐵取得雖不易，聖水的取得又更加的困難，聖水的作用在於，在鑄劍的過程當中，除了每個程序都必須小心翼翼甚至連一點風都不可以透以外，更需要在每個不同階段，浸泡一共十一種不同顏色的藥水，這藥水的調製就必須是特殊非一般的水質，也就是鑄劍家口中的聖水，才能將藥水的效力發揮到最大。

這些來到這裡有志一同的先驅們，齊心協力共同合作，一起打造了這座美麗而堅固的山城，為日後來到山城的人們，開闢了一個安身立命、休養生息、各方學術薈萃的修練與傳承發展，甚至是一個可以療傷止痛的所在。

吳有誠記不得到底是第幾次看到這隻小灰鼠了，印象裡面好像每次他在廚房用鍋裡的鐵砂做他從小最愛吃的糖炒栗子的時候，就會不經意的注意到西面牆上石製的窗櫺上，有個小黑頭固定在窗櫺的某一格，睜大眼睛望著他，起先他只是舉起鏟子作勢要打來驅趕牠，但這一天他注意到了老鼠跑掉前作了一個動作，牠好像扔了什麼東西在窗櫺上，吳有誠好奇地走過去看，發現那是一小把的松子，他沒有多想，只以為那是老鼠受驚嚇後不小心掉下的，伸手就將松子往外掃了出去。

第二天奇怪的事發生了，那一格窗櫺上出現了一個紅通通的東西，吳有誠走近一看，發現那是一個深紅色的漿果，他好像突然明白了什麼，開始喃喃自語：

「這不……會吧……不過也說不定……可是是老鼠……真的嗎？」

與其說吳有誠心中有某種懷疑，不如說他的直覺帶給他一些特別的想法，只是這個想法得靠他接下來的舉動才能得到證實，他決定還是試一試好了，吳有誠拿起那個漿果吃了起來，漿果的滋味清甜、香氣如蜜，他站在那裏想了一會兒就走到廚房的櫥櫃處，打開了放著糖炒栗子的陶罐，拿了一顆栗子又走回西牆放到了那格小灰鼠會出現的窗櫺上。

隔日早晨醒來，吳有誠衣服都還來不及穿好就迫不及待地跑到廚房，果然，那個放在窗櫺上的栗子不見了，取代的是兩個與昨天一樣的漿果還有一朵黃色的小菊花，吳有誠順手拿起了開得正盛的小菊花，舉到眼前仔細地端詳著，再嗅了嗅它的氣味，他彷彿看到了一隻小老鼠正在大快朵頤糖炒栗子的畫面，不由得打從心裡笑了起來，使得他原本就長得細長的雙眼，瞇剩下了一條細縫。

吳有誠從小就對祖先留下來的器物深深的著迷，尤其是寒光凜凜的寶劍。吳家雖有三兄弟，但除了排行老么的吳有誠以外，沒有人對祖先的傳承有興趣，因為鑄鐵的工作實在太辛苦，是以他的兩位兄長都早早的就到外地發展去了，留下吳有誠在小山城承襲祖先的志業，並照顧年邁的父母，吳有誠很早以前就決定不婚不娶，因為他非常神往上古時期傳說中先祖的傳世作品，如果要繼續鑽研祖先留下的這門學問的寶藏，非傾畢生之力專注研究與不懈地實踐不可，這樣一來，研讀龐大的典籍資料和手札與心細大膽的實作試驗，就花去了他大部分的時間和心神，以至於他明白自己沒有娶妻生子的時間和精力，父母相繼過世後吳有誠就一個人獨居了好多年。

然而這一切的沉寂，沒想到卻被一隻小老鼠給打破了，吳有誠不是沒想過豢隻犬還是養隻貓來解解寂寞，只是他看著時常一忙起來就廢寢忘食的自己，想想還是算了，總不好讓這些跟著他過活的動物跟他一樣飽一頓餓一頓的，更何況在某些情況下他實在也不能分神其他。

那一天之後，吳有誠寂寞的生活有了翻天覆地的變化，從此一人一鼠就展開了「以物易物」的新生活，每天早晨起床吳有誠都很期待小老鼠要帶給他的小東西，起先，他們只是維持著這樣「交易」的模式，過了一陣子之後，吳有誠發現小老鼠膽子大了起來，牠從窗櫺處跑進廚房來待在西牆邊上，觀察著他在廚房忙碌的樣子，似乎對他這個人很好奇，吳有誠假裝沒看見這一切，一面也偷偷的觀察著牠。

又過了一段時間，吳有誠發現他好像不管走到哪裡都會看見這隻小老鼠正在看著他，最後，小老鼠出現在了吳有誠巨大的工作檯上，像是一個朋友一樣的陪伴著他做研究，吳有誠開心極了，他用了一些布料、樹枝、乾草料、棉絮等素材，做了一個窩給小老鼠，放到了工作檯靠牆的邊上，只是這隻小老鼠挺有個性，對於牠喜歡的素材，牠就把它們弄得碎碎的鋪滿窩裡，對於不喜歡的素材，就直接從窩裡扔出，牠對不喜歡的食物也是這樣表達。

「你還真是不將就呢！」吳有誠笑著說。

在吳有誠漫長的獨居時光裡，除了偶而來訪的客戶，時常都是好長一段時間沒有跟任何人說過一句話，也不知是什麼時候起，吳有誠發現自己會突然一個人自言自語了起來，也許是想聽聽一點說話的聲音，也許是想打發一點寂寞，但是他萬萬沒想到，有一天他竟然是對著一隻小老鼠在說話。

小老鼠並沒有就此住下，也沒有天天來訪，牠似乎用某種方式在告知吳有誠，牠有自己的家人，有自己的生活型態、習慣與好惡，牠願意與吳有誠分享牠的存在與交誼，但牠顯然想要自由自在地活著，並不想進入人類所設限的任何規則來打破自己的自由意志。

有一天，白家醫館的畢管家帶著白家小千金來訪，除了帶來例行性的器具補充清單，還有一張白家女主人手繪的鈴鐺圖樣，小女孩是來決定鈴鐺上的花紋與鏤刻的圖案的細節的，她抬起可愛粉嫩的小臉，一雙明亮的大眼直視著吳有誠，詢問能否在鈴鐺上鏤刻貓的圖案，待材質與細部裝飾都溝通完畢後，小女孩退到了畢管家的身後，讓畢管家就家裡所需要的器材清單上，有要更動尺寸或是新設計的器具等與過去不同之處一一解說，原本一切再自然正常不過了，沒想到吳有誠突然瞥見到他的小老鼠竟然此時從窩裡跑了出來，一路跑到了桌邊小女孩站的地方，站起身來交握著小手抬著頭左右嗅聞著什麼，接下來發生的事讓吳有誠看得目瞪口呆，他看到小女孩開心地走近小老鼠，微笑著與牠眼對眼的對看了一會兒，然後小女孩從口袋裡拿出了一塊餅，掰了一小塊放到了了小老鼠面前的桌上，小老鼠只是略遲疑了一下，就舉起餅吃了起來，看起來吃得津津有味……。

若不是畢管家叫喚他，吳有誠都沒發現自己看得出神了，他一點都沒聽到畢管家說了什麼，只好請他再說一次，畢管家奇怪的順著吳有誠剛剛的眼光回頭看了看，也沒看見什麼，想說可能是吳鐵匠年紀大了或是太勞累了，所以沒聽清楚於是就再說了一次，而吳有誠最後看到的畫面是，小女孩伸出了手掌，小老鼠就像與小女孩約好似的迅速地跳到小女孩的掌心上，然後小女孩就將牠放進了上衣口袋裡，當然小老鼠後來就這麼跟著小女孩一起離開了。

過了幾日，小老鼠終於回來了，吳有誠看著睡窩裡正睡得酣的小老鼠，不禁對牠說：

「你倒好了！睡得四仰八叉叉的，也不知人家有多擔心，你也不打聽打聽，那家人家滿屋子到處都是貓，你也敢跟著她去就不怕小命不保嗎？」

接下來，吳有誠就像一個過度擔心小孩的老父親一樣，叨叨絮絮的唸了小老鼠一會兒，什麼哪裡貓多你去哪裡啦，害他這幾天如何如何地擔心啦，怎麼牠就只聞到餅的味道沒聞到貓的味道，今後要多留意小心啦等等……。

小老鼠聽見吳有誠的聲音就睜開眼醒了，牠睜著眼睛聽著吳有誠唸叨完以後，眨了眨眼睛，換個姿勢又繼續地睡了，好似在對吳有誠說，牠明白，也感激，但是牠真的也累了。

原本吳有誠正準備像往常一樣，跟小老鼠聊一聊這幾日的新發明，以及他終於成功的改造了熔爐這件事，沒想到小老鼠才聽完他的唸叨，翻個身又睡了，只好作罷，他輕輕地拿了一塊布蓋在了小老鼠身上，安靜地退到自己的座位上看起了書，順便想想等會兒去做點什麼小點心等牠睡醒起來的時候和牠一塊兒吃。

第四章 芬多的抉擇

芬多，是一隻美麗的鴿子，牠出生在小山城下方廣闊平原地帶的城市裡，從小牠就和一群鴿子，一起被關在一個大籠子裡面，在牠會飛以後，主人就時常將牠與其他同齡的鴿子抓進一個小籠子，帶到外面去放飛牠們，鴿子的腦內有著內定的直線歸家系統，無論怎麼放牠們都能以最短的路線飛回家，就這樣，芬多和其他的鴿子一起，被主人越放越遠，當然牠們也都能準時歸家無誤。

芬多的父母，並不是出生在這個城裡的鴿子，每隔一段時間，芬多就會看見她的父母腳上被繫了一個東西然後主人就放飛他們，過了幾天，就有約四、五個人來家裡，手上拿著裝有芬多父母的籠子，多次以後，聰明的芬多就知道，這些人來自牠父母的出生地，牠還能從父母被放飛到這群人出現中間經過的時間，約略的推算出父母出生地到牠的出生地兩地間的距離，每次父母被放飛，牠都會擔心父母是不是不會被帶回來了，相對的，聰明的牠也想到，自己應該有一天也會被帶到一個很遠的地方，和父母一樣，腳上被繫著一個東西然後放飛回來這裡，牠知道未來必然是如此，但不知道為何需要如此，直到那天發生了那件事。

芬多與其他的鴿子不同之處在於，牠很珍惜每次放飛的自由時間，牠會回家，但不會那麼快回家，食物對牠來說沒有自由帶給牠的快樂更具有吸引力，所以每次放飛，牠總是最後回到家的那一個，以至於牠的主人認為，牠肯定是比較笨的一隻鴿子，遂暗自忖度，事況緊急的時候一定不要用牠。

然而，會有什麼緊急的事況呢？芬多的主人，是一個身高不高，長型臉上有著看似無肉的鷹勾鼻，薄到幾乎看不見的嘴唇，眼神不定，面色時現陰沉晦暗，黝黑又特別精瘦的一個中年人，沒有家室，除了偶爾來家裡的那批人以外，從不與任何人來往，臉上也從沒有一絲的笑容過。

這一天又到了放飛的日子，主人這次似乎又將他們帶到了更遠的地方，芬多在籠子裡興奮地等著飛出籠子那一刻的到來，終於，牠又可以回應藍天的招喚，振翅高飛，翱翔天際了，與往常一樣，牠不急著回家，好好地飛了一陣子以後，牠落在了一戶人家的外牆上休息，起先牠只是靜靜地站在那裏面對著眼前的房舍，不久，房舍裡傳出了驚恐的聲音，芬多好奇的循著聲音望去，竟然從窗戶看見了牠的主人在房子裡面，芬多飛了起來停在了更靠近窗戶的樹枝上仔細地往裡面看著，沒錯，那的確是牠的主人，屋子裡還有著經常來家裡，帶著芬多父母回來的那些人，即便他們每個人臉上都綁著一塊黑布遮住了臉，芬多還是能一眼就認出他們每個人，芬多沒想到的是，他們正在和牠的主人一起，在屋子裡做著可怕的事，芬多看見，有兩個人正在毆打著應該是這屋裡主人的人，那人被打得頭破血流哀號連連，牙齒也掉了，嘴裡一直不斷往外湧著鮮血，其他人則正在翻箱倒櫃，搜刮那些不屬於他們的東西，最後那個可憐的人倒在了地上，也不知是生是死，然後牠的主人就和那些人一起跑出去了。

原來，芬多的主人是個盜匪集團的同夥，牠的主人是這個盜匪集團的探子，專門帶著從根據地養大的鴿子到一處富裕的城市，勘查城裡有哪些有錢人，家裡有哪些成員，各自的作息如何，只要鎖定了目標，又掌握了足夠的資訊，他就放飛從根據地帶來的鴿子，通知同夥下手搶劫的時間和細節，他們這樣迂迴的安排，做了案就即刻拆夥，就是為了避免官府的追查，或是擾亂官府的推理，讓官府以為所有的成員都是來自外地的偶發事件，而找不到真正的嫌犯藏在哪裡。通常，他們會挑選屋主全家都不在的一個時間，闖空門偷盜，但今天偏偏有了個失算，屋主沒有照平時的習慣去茶館裡和朋友喝茶聊天，他剛好頭疼的緊，就想乾脆睡一個好覺休養休養，沒想到聽到家裡面有了奇怪的聲響，一出來看就被打了個半死不活。

芬多目睹這一切，著實的嚇壞了，在那個人倒下的那一刻，牠嚇得跳飛了起來，回到了先前的那一堵牆上，大口的喘著氣，久久平復不過來，接著牠就一直待在那裏，一動也不動的待在那裏，太陽快下山了，天色逐漸暗了下來，然後天黑了，月亮升起了，月光照著這隻鴿子孤單的身影，過了好長的一夜，天又破曉了，太陽又升起，普照著萬物大地，鴿子仍然在那裡，像一隻忘記翅膀的鳥，沒有了方向，也看不見未來。

只有芬多自己知道，牠的內心到底經歷了什麼，牠的身體告訴牠，該啟程回家了，主人、父母和同伴都在家裡等著牠，放飛後飛回家的鴿子，都有主人的特別獎賞，牠的身體很需要那些食物的補充，可是，牠的眼睛所看到的那些畫面，給了他另外一個直覺，就是再也不要回到那裡，再也不要見到那些人，包括牠的主人在內，但那也表示，牠將從此沒有家了，那對於一隻鴿子來說是違反本能的，那表示得失去家的庇護和面對未知的恐懼，以及生死存亡的飢餓，但是回去的話，對於一個逃避危險的直覺來說，也一樣是違反了本能。

就是因為如此，在沒有徹底的作出決定以前，牠只能一動也不動地待在原地，牠不怕花很長的時間等待那個答案從牠的心底出現，因為牠知道，回還是不回，這都是牠一生唯一的一次決定，牠想作一個，永遠都不會後悔的選擇。

天亮了，芬多緩緩抬起了頭，瞇著疲憊的雙眼，抬頭看了看藍天，終於，牠抖動了一下身體，接著拍了拍翅膀，牠飛離開了那堵牆，迎向朝陽，朝著家的反方向飛去，牠向著山的那一邊飛，越飛越遠、越飛越高，當牠眼前出現了一座美麗的小山城，牠知道，這是該停下來歇歇腳的地方了。

從那天起，牠得自己找飲水覓食物，前者好解決，在飛行的路上總能看到小溪河流的，飲水並不成問題，但是食物呢？已經習慣被餵養的牠，根本不知道食物在哪裡，因為除了牠所熟悉的那些主人給的食物以外，牠並不知道還有哪些東西能吃，牠在人類的餵養下，喪失了覓食的本能，這個本能是否能夠恢復，或是可以在牠餓死以前恢復，牠的命都是那個賭注，牠感覺到好虛弱，牠發出了一個求救的訊號無論誰能接受到，最後，牠終於餓得倒下了，在閉上眼之前牠看見了一個小女孩向牠走來……。

再次睜開眼，牠看見自己在一個陌生的房間裡，牠正在一張桌子上，眼前有著水和食物，牠立刻吃了起來，好好的吃了一頓飽，牠立即恢復了精神，重新動了動身體拍了拍翅膀，環顧四週，牠發現窗子是敞開的，飛離開的時候，牠好好的盤旋仔細勘查了這個房子，在腦子裡標定了它的位置，後來，牠只要飛回到這裡，就會看見窗前放了食物和飲水，這些食物幫助了牠渡過了重啟本能的過渡期，牠不知道到底是誰救了牠，直到有一天……。

一如往常，牠又飛到了那座窗前，與往常不同的是，今天窗子是開著的，牠略遲疑了一下，還是勇敢地飛了過去，落腳以後，牠沒有即刻的吃食，而是停在那裏靜靜的，看著窗內的景象，一個小女孩，坐在那個桌邊微笑的看著牠，牠聽見女孩在心裡跟牠說：

「美麗的鴿子啊！你今天好嗎？」

牠感到很驚奇，歪了歪頭仔細打量了一下女孩，眼前這個人類竟然能夠和牠心靈溝通，牠想起來在昏倒前的那個求救。

「是妳救了我嗎？」

「是的。」

一陣靜默，芬多考慮了一下，然後振起翅膀，飛到了小女孩身旁的桌面上，停了一會兒就大膽的走近小女孩，牠想仔細地看看牠的救命恩人。

接下來他們有了一番交談，女孩告訴牠家裡有許多貓，雖然女孩有跟貓群溝通過了，但還是怕不小心對牠造成傷害，她想帶牠去一個地方，認識新朋友，也會在那裏準備食物給牠，避免今後貓對牠可能的打攪。

芬多毫不遲疑的，就飛到了女孩肩上，女孩帶著牠出門，一直走到城外的一處空地，那裏有一隻小老鼠，女孩掰了一塊餅給牠，小老鼠就邊吃邊告訴了芬多一些訊息。

小老鼠說，像牠這樣單飛的鴿子其實有不少，人類稱他們叫「野鴿子」，這些找回本能，適應了野外生活的鴿子，就用著最古老的方式活著，並且繁衍、照顧他們的後代，小老鼠可以帶芬多去認識牠們，加入牠們的行列。

於是，芬多有了新的朋友，更透過新的朋友，有了新的家人，牠很感謝，帶給牠新生的這所有一切的力量。

不管貓多貓少，芬多依然時常去那扇窗前拜訪牠的朋友，並且每次去，都帶給牠的朋友一朵美麗且芬芳的花朵，那是對於第一次相見女孩頭髮上花朵的記憶，也是她所能想到的，對她表達愛的方式。

第五章　瑞奶奶說故事——強盜的眼淚

瑞奶奶娘家姓孫，年輕時因緣際會的認識了從小山城外出經商的王家二少爺王秉之，兩人一見如故，性格甚是投緣，於此之後王家二少克勤苦學，奔波商途，建立信用之後，終於開通人脈與名聲，進而有了屬於自己的商號，待累積了相當的家業後王二少爺就向孫家求親，最後終於迎娶了當時赫赫有名的鄉紳孫雲鵬的掌上明珠孫元順孫大小姐，數年後王秉之經商又順風順水的資產翻了好幾倍，遂攜家帶眷又回到了小山城來定居。

瑞奶奶今年已九十有六，起先大家當然都叫她王奶奶，但自從王奶奶九十大壽的那一年開始，小山城裡的人就改口叫她瑞奶奶了，這個稱呼有高壽祥瑞、福蔭子孫的寓意，小山城人們對於瑞奶奶的高壽與健朗，有著深深的歡喜與祝福。說到健朗，實在很難想像已年近百歲高壽的瑞奶奶，看起來卻是中年人的樣貌，她身體的健朗情況與一般老人比較起來真是不可同日而語，她不單齒牙健全，烏髮還過半，說起話來丹田有力，喊起孫子來聲如洪鐘，平日早起練功，無論到哪裡皆健步如飛，據她說這些都要歸功於自幼習練形意拳（註一），日日練功不輟的結果，氣走經脈滋潤周身，如此維持了青春的外貌之外亦提升了身體的體能。

瑞奶奶性格爽朗、詼諧幽默，圍繞她身邊的人總是笑聲不斷，瑞奶奶很喜歡說故事，大部分的故事內容都來自於她的家鄉，據她說，她出生在一個與小山城一樣美麗叫做平遙的古城，這個古城有一個更廣為人知的別名叫做「烏龜八卦城」，她的城南與城北兩座城門看起來就好像烏龜的頭和尾巴，南城門左右各一的水井是烏龜的眼睛，東西共有兩兩對稱的四個門分別是烏龜的四足，城門高聳而宏偉、堅實而靈秀，城門內的民居建築與城廓一樣講求方正對稱，房簷與外部的造型皆不顯華麗與奇巧，但內裡的精緻與典雅卻可從木雕、磚雕、與石雕和金屬部件的各種巧思與設計的講究可看出，在房舍空間的布局上，外部看來雖似封閉但內部卻有開闊與靈活的空間感與舒適感，這些民居建築的特色，顯露了平遙人內斂的性格以及對生活品質與藝術品味的重視和水平，不過份繁複裝飾的風格，精美中自帶有一份氣定神閒的安逸，城內外如此一致性樸實於外光華其中的設計原則與烏龜的睿智神藏、靈性內涵的精神完美的契合。另外，寬闊不俗的商業大街說明自古以來商業發展在當地的興盛與繁榮，這說明了這裡是一個樸素得不簡單、繁華得不張揚的城市，這其中的奧秘之處，也許就在於瑞奶奶常說的也是平遙人最認同的一句話：

「平遙人做的不是生意，是德行。」

平遙城的孫家也是當地的富商巨賈之一，所不同的是，除了商業買賣的經營，孫雲鵬還有其他的想法，過去為保護商人的貨品、金錢與其自身往來於商道的安全，雇用武藝高強的武師押貨成為必要的保障方式，與個別武師的合作到後來發展到了開始訂立契約保障雙方的標行，最後是集此行業之大成的鏢局，從武師到標行再到鏢局這一路走來的過程，也是武師這個行業從雛型到成熟期專業化的演變，此點可從標行的「標」字轉變到鏢局的「鏢」字看出，「鏢」字結構，左邊的「釒」代表十八般武藝與兵器（註二），右邊的「票」代表所需保護的標的物包括人，當然也等同於後來發展出來的票號的銀兩，整體含義為用武力保障貨物、錢財與人的安全，旨在告訴人們先有鏢後有票，亦有鏢不離票、票不離鏢之義。孫雲鵬看中了這個鏢局行業未來發展起來的商機，只是鏢局最需要的是開業鏢師在江湖上的名聲，焉有商人來開鏢局的道理，但孫雲鵬有他自己的想法。

孫雲鵬之所以能發家致富，絕對不是出於偶然的運氣好，相反的，他的起跑點比任何其他人更為艱困，他幼時家貧，身為長子的他，除平時辛苦做工打點家計之外，還得到廟宇裡取些他人救濟的糧食才能勉強過活，也正因為自己有著過往這打不倒的韌性，與面對困境時勇敢成長的性格，所以他才會特別欣賞王家二少努力向上終有成就的精神，雖不捨但也欣喜地把最寶貝的女兒下嫁給他。孫雲鵬青年時期歷經艱苦之後攢了一些錢，就開始學做生意，他作生意的想法老是和別人不同，他不墨守成規，也不將大家已習慣成自然並且行之有年的事視為理所當然。

人如其名，像一隻大鵬鳥一般，他總是能精準地看見機會在哪裡，生意的賣點在哪裡，他發現了老天給自己的天賦之後，做生意已不是為了是否能日進斗金，而是一種無法言喻的樂趣，於是，他破天荒的，以商人的身分，開設了一家鏢局。

鏢局的名稱也很特別，完全不是一般鏢局會採用的名稱，因為聽起來既不威武，更沒有江湖豪氣，給人的感覺更像是在作像當鋪一類的買賣，誰也沒想到，其實這就是許多年以後發展興起的票號的前身，孫雲鵬很早就有了類似像票號這樣的概念，這個概念也幫助他在後來的商場上無往不利，總之，「福金鏢局」這塊燙金的招牌，開始在江湖上亮了鏢，當然，孫雲鵬除了在聘請武師的專業上絕不含糊以外，他最大的目的是詔告天下，他所開的鏢局有雄厚的資產作信用的擔保，隨時進行匯兌或質押借貸更不是問題，他的方式讓委託鏢局的商賈安心了不少，當然，最重要的還是江湖上對於鏢局武師名聲上的認同與忌憚，所以讓盜賊聞風喪膽，儘管再高價的錢財物品也能絕了念是絕對必要的，孫雲鵬高價聘請了各路武藝高強的武師，除了「不招不架，只是一下」的形意拳高手，還有長拳，彈腿，長槍與長棍。孫雲鵬還在鏢車的設計上作了改良，更堅固也更輕更順暢，福金鏢局的鏢師，除了武藝之外，孫雲鵬還特別親自指導談判和協商的能力，畢竟走一趟鏢，誰也不想「叫鞭土」（註三），孫雲鵬相信一個亙古不變的道理 - 錢可通路。

瑞奶奶每到初一十五的下午，就在自家的院落等待想聽故事的小朋友來聽故事，小朋友來的時候都各自帶了自家的小板凳，因為瑞奶奶一開說，可就要從未時一路講到了申時一刻，每到這個時刻，瑞奶奶的玄孫，今年五歲總是綁著沖天辮的王大范最開心了，他用了一塊有點鏽了的舊鐵盤，自製了一個響鑼，活潑的在小山城的石板路上，邊跑邊跳邊敲鑼，一邊大聲用他稚嫩又認真的嗓音喊著：

「大家快來呀！瑞奶奶要說故事啦！好戲就要開場啦！」

「大范來了……大范來了……」聽見大范叫聲的小朋友們，紛紛抄起板凳就跑出家門，宛如一支聽故事大軍，行動起來比徵兵的集合還要迅速有效率，只是這支軍隊的軍容是這樣的，有手拿拐子糖的，拎著小被被的，帶點心的，摟貓牽狗的……四面八方的隊伍直奔瑞奶奶家的大院落，白洛普當然也不例外，她與其他小朋友一樣，非常期待說故事日的到來，總是聽到天色已暗還意猶未盡，歸家後想起故事情節更是回味無窮。

瑞奶奶故事的吸引力除了來自她風趣幽默的逗笑功力外，還有她妙語如珠的敏捷才思，與說唱俱佳的本領，瑞奶奶自幼就喜歡聽來自各地，五湖四海的鏢師們，說著江湖中的佚事，走鏢分旱鏢和水鏢，也就是陸路和水路的擔保，瑞奶奶的父親孫雲鵬為了打通水路，特別從南方聘請了識水性的鏢師專走水鏢，這也就是為什麼，瑞奶奶總有說不完的故事，因為來自大江南北的鏢師們，在跑江湖的路上遇到的人事物都是說不完故事，他們自己，就是一大本匯聚各種特別人生經歷的故事書。

瑞奶奶平時最常說的故事，是她自幼聽來的，各省各地民間流傳的傳說典故，或是依傳說典故編成的故事，不過，白洛普看見今天瑞奶奶又是一身黑衣簡裝，她知道今天一定又是聽關於鏢師走鏢的故事了，不過看看大范的臉可不怎麼樂意，因為他最喜歡瑞奶奶的故事裡提到有老虎啊、熊啊或是什麼妖怪一類的，這樣他就可以跑到前面去、好好兒的演一演給大夥兒樂一下了，過去瑞奶奶為了給小朋友聽故事的臨場感，連說帶演是瑞奶奶的專長，後來除了需要講述到功夫的部分以外的就交給「後起之秀」王大范來演了。

只要是講鏢局的故事，瑞奶奶開頭一定先說：

「鏢不離商，商不離鏢，江湖就是，忠肝義膽，一諾千金……。」

孫雲鵬的福金鏢局，除了方便保障自家銀兩貨物的安全，也時常接其他地方商賈的委託，一般來說，是出不了什麼亂子的，原因除了使銀子上下打通各官府驛站，有通行證通關方便之外，若是遇上劫鏢的綠林好漢，一般也是可以用錢解決，幾個必經的土匪山頭，年鏢季鏢的固定通行費早就打點過了，大家跑江湖都是為了混口飯吃，沒有必要時誰也不想傷筋動骨、打打殺殺，對土匪來說，有個固定收入的來源，當然比幹一票然後得浪跡天涯來得划算，更何況若是遇上武功高強的老手鏢師，為保契約信用他們也是會拼命的，萬一真打起來不小心弄丟了老命，就更不值得了。

是以福金鏢局走鏢時喊的都是仁義鏢而不是威武鏢，仁義鏢就是以謙恭的態度走鏢喊鏢，走到不平靜的路面上，趟子手就會喊：「合吾（都是江湖朋友）一聲鏢車走，半年江湖平安回」，萬一真遇上來打劫的，鏢師也會儘量和談給對方面子，就是不得已得比劃幾招時，也會稍讓一讓甚至奉承對方幾句，當然，最後都得獻點金來「交個朋友」，還得說說類似像「城牆高萬丈，全靠朋友幫」這樣的好話，因為人貨平安才是最終目的，但是喊威武鏢的就不同了，一般讓趟子手喊威武鏢的鏢局，總鏢頭都是大有來頭的人物，若不是赫赫有名的捕快退休，就是名震江湖的高手，這類人一般盜匪惹不起也不敢惹，所以若是聽見趟子手喊鏢局名號，接著喊「請江湖朋友借道」的時候，意思就是請要打劫的江湖盜匪，掂量掂量自己的實力搶不搶得了鏢，所以基本上遇上威武鏢，一般盜匪都是會避開的。

按理說，福金鏢局的鏢車，是不會有人劫或是硬劫的，但凡事總有個例外，而往往這種意外又發生在料想不到之處。

這一天福金鏢局接了個銀鏢，得護送總共四萬兩銀子，這四萬兩銀子一共裝了十個騾車，一個騾車裝四個銀鞘，一個銀鞘裡是一千兩銀子，福金鏢局鏢師的待遇已經是同行裏最高的了，一個月也不過是二十兩銀子，所以這四萬兩銀子的銀鏢，大家都不敢大意，除了要保密到家，官方驛站還是道上兄弟的打點也一個不能少，即便如此，此趟走鏢的鏢師、趟子手、雜役都得是一時之選，最後共派出了佟尚義、李銘、胡永全、陳勇、藍一青、馮德保共六位鏢師，對這趟鏢來說六位鏢師不多不少，太少不安全，太多則啟人疑竇，其他還有趟子手顏萬安、廚子封大為、號稱老醫仙的李廣三，此次負責看貨談價的掌櫃李承恩，以及四名雜役幫手。

這趟鏢一開始和往常一樣順順當當的，一路上無論是過驛站打尖都是熟臉熟面的人，畢竟這條路線已經走了無數次了，誰知才上了八德嶺，領頭的鏢師佟尚義就嗅到了不尋常的味道。

「光子，把合著，合吾。（前面有山了，可能有山賊）」佟尚義低聲說。

又走了一段路，佟尚義的耳朵告訴他，有人跟著，他們被盯上了，他又低聲警告：

「並肩子，念短吧！棵子裡面伏著不少點兒了！（弟兄們，不要說話，草裡藏著不少敵人。）」

騾車放慢了速度，鏢師們一面低聲商量著：

「路上沒有荊棘條子，不是胡子，怕是老合。（前方道路上沒有放著荊棘和紙條，對方不是土匪，恐怕是沒有幫派的一般盜賊。）」李銘說。

其他鏢師同意李銘的推斷都點了點頭，因為根據江湖規矩，土匪攔路一定會在路上放著荊棘，通常荊棘上面還有著條子，這時候不可以自行搬開荊棘，而是要客客氣氣地拜個地頭，請土匪現身，然後再看看到底是要打還是要談。

「那就盤道盤道吧！（那就套套話看是哪路人吧！）」李銘又說。

佟尚義也同意李銘的建議，他作了一個手勢，示意車隊停下來，果然前方草叢裡有人頭竄動，為數還不少，佟尚義立即說：

「風緊！輪子盤頭（情況緊急！大家抄武器，擺出守護鏢車的陣式。）」

所有人一聽到佟鏢師的指令，立即擺陣守護鏢車，並亮出了各自的武器……。

佟尚義雙手抱拳，對著前方說：

「合吾，亮盤子吧！（大家都是江湖兄弟，請現身亮相吧！）」

佟尚義話音一落，果然草叢裡的人動靜更大了，過了一會兒，這幫人才突然現身，看起來為首的是一個矮小老頭，這老頭不但矮小還瘦骨嶙峋，小眼睛咕嚕的轉，眉毛參差不齊，皺褶的皮膚特別的白，頭髮不黃不白的看起來挺詭異，說起話來的聲音還有點陰陽怪氣的，牙齒破損尖銳沒半點整齊，還黃黑黃黑的，雙手藏在袖子裡也不知道裡面有什麼貓膩，眾人只聽得這個老人慢條斯理的說：

「紅貨，枸迷杵，剪鏢！（鏢車裡的都是好貨，裡面全是銀兩，留下銀兩可免死。）」

這看來不起眼的老人一上來就是撂狠話，果然不是土匪的作風，他身邊帶著的人大約有二十來個，一個個眼睛像要凸出來似的死盯著鏢車瞧，看起來並不特別的身強體壯，不太像是習武的練家子，除了一位年輕人以外，這個年輕人的五官相貌相對的比他們這夥人端正些，身材體格也比較像個練家子，只是令人奇怪怎麼明明看起來他跟他們是不同道的，怎會走到了一起來劫鏢，但大敵當前也不容想那麼多了，雖然對方話說得很死，根本是個硬碴，佟尚義還是想試試看是否還有可以迴旋的空間，避免動手的可能，他再次雙手抱拳，軟硬兼施地說：

「瓢把子，太歲海了，攢兒亮，簧點清，咂咂漿，鼓了盤兒了，條子掃、片子咬。（您老大年歲高，明白江湖事理，識時務的話，談談買路價，要翻臉的話，別怪我們用槍扎、用刀砍。）」

他們已經退了一步，表示可以花錢買過路費，對方若還是不吃軟，動手就是難免的了，其他的鏢師見狀都已做好了動武的準備，眼睛全盯著這夥人的一舉一動，屏氣凝神，不料這老人突然轉頭向著那個長相還算端正的年輕人說：

「拉掛子清了，杵頭海，火穴大轉，均杵！（把這些走鏢的都殺了，他們銀兩很多，搶到大錢，大家分了！）」

年輕人一動身，李銘立刻跳出來接招，年輕人使的是大刀，功夫不俗，李銘使得也是大刀，他看著年輕人用的招式總感到有些奇怪，怎麼看都是名門正派出身的，怎會落了草，不禁一面打一面問：

「拜見過阿媽啦？（你從小拜誰為師？）」

「他房上沒瓦，非否非，否非否。（不到正堂不能說）」

顯然這個年輕人不想說出師承，李銘更是納悶了，不單如此，他還覺得有點為難，怕不小心傷了同門師兄弟誰的弟子，以後見了面不好說話，只得想法子繼續問問看。

「我不殺無名之人，報個萬兒吧！」李銘想，起碼知道這個年輕人叫什麼名子，可以讓他好好想想，到底這人跟他有沒有關聯，所以叫他報個萬兒，也就是報上名來的意思。

「順水蔓（姓劉）」年輕人胡謅了一個姓回給李銘。

李銘想想還是算了，他真想不出跟姓劉的有什麼千絲萬縷的關係，決定還是先放倒這個年輕人再說。

此時，年輕人和李銘打得正酣，強盜夥那邊有了動靜，只見那為首的老人向其他人使了一個奇怪的眼色，鏢師們警覺到，他們這夥人正偷偷的靠近他們，看來準備要趁亂搶鏢了，只是不知他們要使什麼武器打，看上去他們手裡沒拿什麼厲害的兵器，除了那位年輕人，正當他們才這樣想的時候，那老人發話了：

「暗青子，清了！（用暗器殺了他們所有人！）」

「水漫了！小心暗青子！（對方全殺過來了，小心他們的暗器）」佟尚義大叫。

這時候眾人才突然明白，為何這幫人沒有亮出什麼厲害的武器，他們根本不是能上得了檯面的人物，在江湖上使暗器的規矩是，只有防衛的那一方可以斟酌使用目的是自保，如果是像這種心狠手辣，燒殺擄掠的盜匪，直接上來就用暗器的，只能說，盜匪中也有下三濫了。

嗖！嗖！嗖！嗖！一時間，各種不同的暗器瞬間從四面八方飛來，看來對方早有算計，想要一口氣了結他們，除了鏢師的其他人都舉起了護身的擋板，鏢師們則各憑本事，一邊躲避暗器並相互支援，一邊想著法子殺出一條血路……。

「我當是空子（不明江湖事理的外行人），原來是三清子（耍狠無賴的人），我吥！吃你爺的鐵鞭子吧！」馮德保一面使著絕學鐵鞭子，打得對方皮開肉綻哀叫聲連連，一面氣得大罵。

那老人眼看那年輕人打不過李銘，暗器偷襲也無效，他的人根本就鬥不過這些鏢師，突然怪聲大叫：

「黃了！插了鷹爪孫鉤子，松了！（事情搞砸了！殺了那個官府臥底的，大家快撤了！）」

鏢師們突然明白了什麼，說時遲那時快，待他們要一起保護那個年輕人時，漫天向他招呼來的暗器裡，已有兩袖箭越過防守，嗖嗖地打進了他的肩頭裡，此時眾匪見暗器已得逞，便迅速的一哄而散。

年輕人中了暗器後，瞬間臉色發紫應聲倒下，老醫仙李廣三快速奔來：

「不好！暗青子有毒！」李廣三奔到年輕人身旁，立即從懷裡掏出了一瓶藥，令年輕人和水吞下，再把他的傷口的衣服撕開，拔出毒箭，略切開傷口，放上水蛭吸出箭毒，隨即嘆了口氣說：

「年輕人，這袖箭的用藥歹毒，但我的藥能護住你的心脈，保你一命不死，只不過這活罪可不好受，這條膀子還能不能用，日後得看你自己的造化了！」

年輕人虛弱的說了一聲多謝前輩相救，喘著大氣、吊著眼，像是正在跟什麼對抗一樣，臉色一陣青一陣白，豆大的汗珠直落，看起來非常難受的樣子。

李廣三撿起掉在地上的暗器嗅了嗅：

「格老子的，這些暗器全都餵了毒，這趟活著回去得給祖師爺多上把香！這幫子歹人也忒陰險手段嘎毒辣，跑江湖的大家都不容易，怎麼就那麼下作呢！唉！」

年輕人臉色漸漸穩定，呼吸也平順了下來，看來老醫仙的藥發揮了作用，這時佟尚義問道：

「小兄弟，這幫子歹人什麼來路？你是怎麼跟他們結下樑子的？」

「感謝諸位大俠相救，小弟姓褚名鴻遠，老家保定，這幫嘎雜子（混混）是倒門（盜墓）的，經年的騷擾地方百姓，官府追拿通緝很久了，就是找不著他們的老巢，這才讓我去作了鉤子，探探他們的底……你們在驛站的時候就被這幫人偷偷地盯上了，他們能從騾車輾過黃土的痕跡判斷裡面拉的是不是銀子。」

「原來是倒門的，怪不得那糕子（老人）看起來三分像人七分像鬼的！」鏢師胡永全拍著大腿恍然大悟似的說。

胡永全是福金鏢局坐第三把交椅的鏢師，功夫擅長七十二路彈腿，拿手的武器是長槍，他身材壯碩，方頭大耳，眼如銅鈴，皮膚黝黑，說話聲量大，最討厭暗裡使絆子的人。

「這倒門的也有倒門的規矩，恐怕這些無門無派無幫無規的嘎雜子，連盜賣屍首那種下賤活兒都幹吧？」鏢師藍一青問說。

年輕人點了點頭。眾人這才恍然大悟為何年輕人前面說這批人經年騷擾地方百姓，原來他們幹的行當是如此造成百姓巨大的痛苦。

「我看他就像個活殭屍，鬼模鬼樣兒的，皮膚還那麼白，讓人看得滲得慌！」年紀最輕的雜役，人稱小丹子的單小丹，一面撫著手臂上的雞皮疙瘩一面說。

「我說小兄弟啊！如果我沒料錯，這幫子人的老窩該不會是個大古墓吧？」小丹子的話讓李銘想到了什麼，若有所悟的說。

年輕人又點了點頭。

「唉！我看這會兒他們肯定是回去搬巢了，你露了餡兒了自個兒還不知道，怎麼他們沒早作了你，還讓你跟他們一起來劫我們的鏢呢？」李銘大惑不解的問。

「我該死！我胡塗！我活該下地獄！」年輕人一邊狠狠地掌摑，一邊罵自己。

佟尚義連忙出手阻止他說：

「別著急，你慢慢說……。」

沒想到，年輕人突然痛哭了起來，久久不能自己，過了一陣子他才哽咽的說：

「本來我已經探知他們的巢穴回衙門覆命就得了，誰知他們說有銀鏢可劫，我當他們沒本事只是擋郎，撈了油水就走人，一時貪心，想虛應一應打個混兒，等分了銀兩再報官也不遲，反正也沒人知道，結果就上了他們的當兒了，他們根本是要我來代他們送死，好趁機搶鏢，順便借你們的手殺了我！」

眾人聽得他如此說頗為震撼，一時無語，一陣沉默後，沒想到趟子手顏萬安先發了話：

「兄弟，咱倆年紀相仿，俺說句實話您別介意，這趟子手待遇雖不怎地，但上奉老下養小也還過得去，您在衙們裡的官俸雖也不算好，但平時來往驛站的打賞還是有的，算起來比我們拿命走鏢的趟子手有過之而無不及了，我雖然書讀得不多，但也聽過說書的說：「良田萬畝日食一升，廣廈千間夜眠八尺，家財萬貫日不過三餐。」兄弟啊！咱做人要知足才是福啊！還有啊，我們孫當家的常說：「福金！福金！有福才有金，無福受不了金，要福還得德累積」，這話說得真有道理，您說是不？」

「我錯了！我對不住你們！」

聽了顏萬安的話，褚鴻遠慚愧得低下了頭，又懊悔萬分的哭了起來，他中毒箭的傷口周圍一大片整個發黑，撕心裂肺的痛，像似正承擔著他的悔恨。

李銘見狀拍了拍他的肩說：

「小兄弟，江湖路險，仁義為先，財帛雖動人心，取之也得有道啊！更何況你跟這一幫子鬼作交易，若不是遇上我們，怕是連渣子都沒了，這會兒你又跟丟了這群鬼，先別說對不住官府朝廷，光是這些殺人不眨眼的嘎雜子日後的報復，可有你得小心留神的了！」

佟尚義在一旁接著說：

「知道反悔就行了，小兄弟上車吧！我們送你回官府，就跟官府說，你是仗義幫我們打跑了匪人，才丟了差使，不過這可是有條件的，今日你不單是欠了神醫的救命之恩，還欠了我們六位鏢師的大人情了，日後你若是讓我們知道你又蒙了心走了暗路，幹了什麼壞事，可別怪我們加倍收拾了你！明白嗎？」

「晚輩再也不敢了，我褚鴻遠日後若再有邪思歪想之念，別勞諸位前輩動手，就讓天雷先把我給劈了吧！」褚鴻遠舉起手起誓一般的說。

「年輕人，我見你也沒跟我們二鏢頭動真格兒的，可見你良心未泯，你莫怪我老漢再多叨唸兩句，莫以為作孽神不知鬼不覺，俗話說不是不報時候未到，你若不是今日已懺罪悔過，來年遇上了值年卦是雷行天下的無妄卦之時，別說真有你頓雷好受的，就是喝水都能噎著你，還有啊，你的刀是用來除暴安良的，你要是再錯用它，它可就不再保你的小命了。明白嗎？」研究五行易理的鏢師陳勇說。

「明白！」褚鴻遠用力點著頭大聲回應著。

鏢師們聽了都點了點頭，表示讚許，佟尚義令人扶起褚鴻遠上了車，就對眾人說：

「此地不宜久留，大家招子放亮點，留神歹人來個回馬槍！」

眾人回過神來，立即重整隊伍，出發上路，再次出發，大家心裡都不平靜，腦子裡都是閃躲暗器的驚險畫面，久久無法平復。

好在接下來的路程平安無事，順利的交了銀兩買了貨，掌櫃李承恩掌眼挑了批上等絲綢還談了個好價，回去後盆滿缽滿的分賞是免不了的，這趟鏢雖走得驚險萬分，總算還有令人安慰之處。

大隊人馬還沒到家，福金鏢局的廚房就已經傳出各種聲響，廚子們紛紛忙碌了起來，原來孫雲鵬自有他安排的消息通報系統，路上發生什麼事他都能收到鏢師放飛信鴿發出的消息，他也有視情況放信鴿到下一個驛站或是向其他同行求援的信鴿系統，搶在鏢師們進門前，孫雲鵬令廚房好好的備菜，另外又買了幾大罈上好的酒，準備好好的給眾人接風洗塵，對他來說，四萬銀兩沒有比他的人更重要，因為在福金鏢局，所有的人都是一家人，那是千金也換不來的。

剛進門，當家的千金小順子就纏著眾人說故事，就著好酒好菜，大家酒酣耳熱之際，把這趟走鏢的經歷，你一言我一語的就給說齊了，小丫頭順子聽得津津有味，還不時的問些細節，似乎整桌的好菜，都不如故事來得有滋有味，他們不知道，這個聽故事的小天才，連鏢師邊說邊比劃的功夫把式都一一記下了……。

註一：形意拳可以說是源自古代槍拳的一種，槍術是中國周朝以後出現，實用於戰場上的一種利於實戰的功夫統稱，講究速度、力度、精準度與臨場變化的磨練，有護王定國之功。三國時期善槍者有名將趙子龍、姜維等。姜維傳人有宋朝的禁軍教頭周侗，周侗晚年的徒弟中有神槍岳武穆王，形意拳於其時又更加發揚光大。形意拳另有內功心法，源自於《黃帝內經》，此心法亦為道家所用，於商朝大成，老莊孔孟皆以此修身。

註二：明代萬歷年間謝肇淛著寫的《五雜俎》，內文詳細記載了十八般武藝所指，即「一弓、二弩、三槍、四刀、五劍、六矛、七盾、八斧、九鉞、十戟、十一鞭、十二鐧、十三撾、十四殳、十五叉、十六把頭、十七綿繩套索、十八白打」，其中白打是指徒手搏擊。

註三：江湖切口黑話，意為打死人了。

第六章 心的六種力量

自從那次白家人以為白洛普走失以後，白家大人就不許白洛普單獨外出了，但是她實在很想再去荊棘林與大龜聊天，「藍蕨」的滋味也很令人難忘。母親禁不住她苦苦的哀求，最後同意她等到六歲生日以後，可以單獨出門，但條件是要有梅鈴陪著。

梅鈴是一隻混色虎斑紋的大貓，從小就被訓練成為白洛普的保鑣，因為混血的緣故，他的背上有著看起來像梅花的美麗斑塊，雖然牠並不是白家體格最強健碩大的貓，但已是屬於體格偏大的品種後代，與他體格相反的是，牠的個性非常和善也過了好奇愛玩的年紀，恰好是牠穩定沉著的個性，才適合承擔這貼身保鑣的任務，梅鈴這個名字的得名，除了梅花的標誌以外，還有是因為白洛普的母親為了大略知道孩子的位置，就在梅鈴的頸圈上掛了一個美麗的金色鈴噹，於是梅鈴成了白家唯一一隻行動不是無聲無息的貓，牠很喜歡這鈴噹以及鈴鐺所代表的特殊任務，是以除了白家人以外，梅鈴會以低鳴來警告，不讓任何外人觸碰牠的鈴噹。

白洛普終於滿六歲了，但是她知道，大人關心的眼神總是暗暗的在周圍關照著，逐漸，規律的遊戲與返家的點心時間都一成不變後，大人就各自忙著自己的工作，不再不時的看著她了。

時機到了，白洛普直奔荊棘林，她之所以狂奔，除了對大龜的想念，還有她必須節省往來路途所要花費的時間，為了這一天，白洛普從五歲那天回家後就勤練賽跑，到最後幾乎沒有一個同齡的孩子是她的對手。

這樣的奔跑對梅鈴來說當然是家常便飯，但牠感到今天有點特別，除了跑的方向是直直的跑向森林，竟然還奔過石橋後又左拐直奔森林深處，白洛普還顯得很心急。這不得不引起了保鑣的關心。

「你要去那兒啊！」梅鈴一面跑一面焦急地問。

白洛普沒回答。

「洛普停下來！那兒有蛇！危險！不能再過去了！」眼看荊棘林就在眼前，梅鈴不得不大叫了起來。

「放心！那裡沒有什麼蛇，只有一隻大烏龜，我去過了！」

這時梅鈴才想起達可跟牠說過關於那天的事，同時牠也漸漸聞到了達可「說」的那種味道。

大龜梵魯笛像是早知道她要來一樣，白洛普遠遠的還沒跑近就看到牠的身影，像是在那裡等很久了似的，兩位久別重逢的朋友臉上都掛著開心的笑。梅鈴第一時間看見梵魯笛時雖然驚得瞬間炸起了尾巴毛，但看到白洛普與大龜開心相逢的情景再看到大龜周身散發著巨大像彩虹一樣的美麗光芒後，立即卸除了第一眼見到牠的警戒，接下來，梅鈴不禁對眼前這從未見過的巨大生物充滿了好奇。

「啊呀！妳長高好多了呢！」

「我叫白洛普！他是梅鈴！上次見面忘記向您介紹我自己。」白洛普興奮的說著。

「喔！我叫梵魯笛，這是組成我的，主要的聲音。」

「這是什麼意思呢？」

「宇宙萬物所有的生命都是一組聲音組成的振動，那就是那個生命可以被招喚的名字，它顯示了每個個體獨一無二的存在，不是人類取的那種只是為了方便稱呼的名字。」

白洛普與梅鈴驚詫的對望著，然後一起說：

「那我們真正的名字是什麼？」

「現在還不能讓你們知道，並且，總有一天你們自己會發現，也是到那時候才會明白其實現在不知道是對你們比較好的，以後有機會我會跟你們解釋，好朋友妳這一年過得都還好嗎？」梵魯笛關心的問。

「一切都很好，只是不知道為什麼，我們的管家先生好像很不喜歡我也不喜歡貓，他總是私底下給我們難受，我爹和我娘卻都以為他是好人。」說到這裡，梅鈴猛得眨了一下眼睛表示同意。

「呵呵呵……上次提到的匱乏感你還記得嗎？會想去傷害他人的人，其實有著或許連自己都沒有察覺也不為人知的無論是心理或物質的匱乏感，在沒有任何正向的啟蒙導引下，如果選擇了負向的思維與行為又更加重了匱乏的感受，所以這樣的人其實也在折磨他們自己，即便平安與喜樂就在眼前，他們也感受不到。另外，孩子啊我問你，如果你陷在一個都是泥巴的黑暗沼澤裡，全身都溼透了，妳覺得妳需要什麼力量才能脫離這個困境呢？」

「我想，我需要勇氣的力量，來讓我勇敢的走出這個沼澤吧！」白洛普思考了一下說。

「這就對了，勇氣，正是心的六種力量之一。」

「心的六種力量？那是什麼？」

「妳的靈魂，就在妳心的裡面，心，也就是妳靈魂的居所，具有來自源頭的六種力量，這六種力量是為了能幫助妳成長，克服種種艱難的考驗，開出妳想要開出的花朵，發展妳的創造力，體驗合一與愛，明白我們都是源頭整體的一部分沒有分別，這六種力量，分別是感激，謙遜，寬恕，慈悲，理解以及剛剛所說的勇氣。」

「為什麼要有艱難和考驗呢？」白洛普腦海中出現了一個畫面，那是當她被管家冤枉父母又不相信她的時候，她難受的坐在花園裡的石頭上哭泣，陪伴她的只有梅鈴。

「如果不是快要被沼澤淹沒，又怎會發現勇氣的存在？當妳克服了恐懼，勇敢將取代它，而成為妳強壯不可摧毀的力量並從此跟隨著妳。當妳與妳所愛的人和動物甚至整體一切分享妳的愛的同時，是否也感受到一種無形的回報呢？那就是感激所帶來的力量，感激，甚至是讚賞整體所帶給妳的一切，妳都將立即獲得這種力量的補充，使妳當下充滿信心，發現有更多的能量可以分享妳的富足而驅趕了使妳感到消極甚至痛苦的許多不必要的例如恐懼或是無價值感的思維，於是妳經驗了透過有意識的感激，將自己重回到純粹生命存在的美好。至於謙遜，它與和整體分開這種分拆離感有關，由於靈魂需要透過進入肉身體才能與整體暫時分離，忘記自己是整體的一部分而有了自我，謙遜的力量將幫助人們，避免自我擋住了來自源頭所給予的創造力的道路，使得人們能夠在肉身體當中感受靈魂的臨在與自己其實是無限存在體的領悟，帶著這樣的覺察真實的在此物質實化的層面體驗與實踐已知的真理。當人類明白合一是真相的時候，寬恕自己及他人過去因為與整體分拆離的妄想與妄行所造成的種種痛苦與折磨的感受，就會是必要的療癒力量，在這過程中，理解或者說同理心他人的妄行由來就變得很重要，同理心一樣是幫助妳化解負面思想感受的力量。於是妳知道所有的生命都被給予了一個最強大的力量也就是愛或說慈悲，每一個生命都是神聖與值得被愛的，只是因為分拆離的假象而感受不到整體的慈悲。

「你說每個生命都是神聖值得被愛的，可是那些什麼壞事都做的傷害別人甚至殺人的人呢？難道他們的生命也是神聖的？也是值得被愛的嗎？」

「以源頭的視角來說，當一個生命誤以為所有的一切除了物質別無其他，甚至認為生命也是物質的時候，他就徹底的迷失了，因為當他把別人的生命等同於物質的時候，相對的也是將自己的生命等同於物質，那麼像這樣的生命就會把一生的時間和精神都用在如何得到更多的物質，那麼他們就會認同只為自身利益服務的思想，進而可能會允許自己偷竊、欺騙、偽裝、掠奪、侵占、殘暴、甚至還有些人演變到殺人放火、無惡不作而不會有罪咎感、像這樣的生命是非常可悲的，因為當他們允許自己對他人這樣做的時候，相對的也等同於允許自己被同等的對待，他們將在不同的時候真實的去體驗自己所帶給別人的所有一切，更重要的是，他們其實是只為了獲取更多的物質而放棄了自己來自於源頭的無限力量，也阻斷了將自己提升到更美好世界的能力，他們看似沒有憂愁煩惱或是悲傷哀痛，但其實時刻都活在擔憂失去物質、害怕控制不了別人、恐懼自己被揭穿而需要付出代價等等的糟糕情緒裡，他們讓心靈被黑暗所佔據時，卻不知身體正一點一滴地承受著這些緊繃與惡意相向，他們的身體將因此逐漸的崩壞直到最後再也承擔不了終於徹底潰散為止，當他們下一次再重獲生命，還是得面對一樣的課題，所有的課題都將一再的重複直到他們開始轉變，最終學會物質的豐盛是來自於豐足內在的顯化，只要做好人的本分，來自於宇宙的支持終究會到來，如此也將體驗到生命來自於源頭的神聖性，以及整體宇宙對待所有生命萬物的平等無私和無限的慈悲。」

「所以，當生命正在經歷一個負向的道路時，必然會得到那條道路的結果與代價，最終來到一個修正與成長學習的渴望，整體不會用是非好壞、善惡對錯來看待這樣的路徑、只會尊重生命各自選擇的經歷，當修正與渴望成長的時候到來，整體就會立即的給予協助與提升。」

「源頭在每個人心的位置，都安裝了返航的羅盤，你要記得我前面所說的心的六種力量，因為祂們將照亮你前方的路徑，協助你明瞭當下該運用哪一種力量克服眼前的困境難題。」

梵魯迪的話深深的撼動了白洛普，她知道自此以後自己與從前不再相同，她明白了過去所感受到的痛苦是來自於對所謂惡人與惡事的批判，真實的情況是並沒有任何力量能真正的傷害得了她，自己才是決定自己的生命要經歷什麼的掌舵者，依靠著自己的心，未來將不再有任何力量能阻擋她前進的道路。

那天早晨的相逢，受限於白洛普必須準時趕回家用點心的時間限制，頗為令人遺憾的得提早結束。

「我下次來可以帶我的好朋友來嗎？是一隻小老鼠和一隻鴿子，如果你不介意的話？」

「當然歡迎，那我也邀請我的朋友來吧！」

「誰？」

「是我的龍朋友。」

「什麼？你是說天上飛的龍嗎？真的有這種動物嗎？」

白洛普瞪大眼睛不敢相信自己耳朵聽到的，梅鈴也是滿臉的新奇表情，等著梵魯笛的回答。

「龍有不同的振動層次，最高層次的龍是純粹的光體，很少人有能力看見他們的存在，部分的動物則是可以依晰的看見，其次是看起來像霧一樣組成的身體，介於物質化與光之間的狀態，再來就是和我們一樣有一個實化的身體，也就是如同人類一樣需要與一個物質載體的振動結合，這個層級的龍是不能飛的，原本在我爺爺小的時候，陸地上有許多這種美麗的生物，但是後來人類因為變得殘忍，無法再與其他動物和平共處，使得這個層級的龍若不是生活在很高的深山就是在很深的海底，都是一些幾乎不可能被發現的地方。」

「那你的朋友是哪一種等級的龍呢？」

「呵呵呵……你們到那天就知道了！」

於是，他們約好了三個月後的某天早晨，白洛普以為，之所以需要等那麼長的時間，應該是梵魯笛需要較長時間的睡眠，說不定這也是牠如此長壽的原因，白洛普這樣想。

一路上盡速奔馳的一人一貓，因為想到下次將要與龍見面的事，都興奮非常，跑起來的樣子顯得有點瘋癲，所以往常都是慢條斯里踩著慵懶步伐進門的梅鈴，引起了貓同伴們側目好奇的眼光，梅鈴察覺了，隨即慢了下來，與同樣慢下腳步的白洛普一起走進家裡的飯廳享用點心，然後悠閒的坐在那裡舉著爪子舔著，表現出一副若無其事的樣子，看得白洛普心理暗笑，彎下身來輕聲的對牠說：

「還好我們趕上了！」

第七章 告別

這天下午，白震山又是一個人待在書房裡，家裡的人都知道除非是非他不能治的病患，此時任何事都不能打攪他，以往他在書房裡，不是在配藥就是在讀書或是寫寫醫誌甚至彈彈琴，偶爾和友人茶敘談天，但自從七年前山上十方禪寺的釋空海方丈圓寂後，他大部分的時間只是靜靜的坐在那裡不許人打攪。

又一次，他陷入了過往的回憶，想從過去發生的種種，找到一些解決他當前難題的蛛絲馬跡……。

「震山！我在這裡！」遠方小山城邊緣的空地上，一個瘦小但是特別精神的男孩使勁兒揮著手，臉上掛著和自己一樣開心的笑容。

「欸！」白震山一面也揮著手一面加快腳步朝著這個小男孩跑去，眼前這個看起來瘦小個兒也比自己高不了多少的男孩，其實比才剛過七歲的自己還大上了三歲，他不是這個小山城裡的人，只知道他是數月前由幾個出家人從很遠的地方帶來這裡的孩子，男孩長得眉清目秀，鼻樑特別高聳，雖然看起來瘦小，但是他們第一次的相遇卻讓白震山足足開了一番眼界，那是每月一次在小城中心廣場舉辦的大市集，孩子們也都聚集在那裏吃吃玩玩，那天有幾個孩子不知為何打了起來，加入群架的人越來越多，正當打得不可開交之際，只見突然從人群中竄出一個小小的身影，他只是迅速的奔過去在那些打人的孩子手肘麻筋處點了一下就平息了這場架，其動作之輕巧與迅捷精準，宛如一隻靈巧的飛鷹，還沒看清楚，就已經完成了任務。當下白震山就決定，一定要結交這個特別的朋友，還要好好地跟他學學這出神入化、以一擋十的本事。

「你通過了那個測驗了麼？！」待跑進，白震山焦急地問。

「通過了！是我沒錯。」男孩點著頭眼神堅定的說。

一時之間，白震山心裏感到了難以言喻的失落，男孩的回覆說明了，接下來他這位好朋友將到寺廟裡出家，他們未來將很難再聚在一起玩了，這些日子裡男孩用他那特殊的口音，分享了許多他所不知道的知識以及關於男孩家鄉各種山川地理人文的種種風土民情，男孩還教他射箭和許多在奔跑時通過不同障礙物的技巧，雖然他們只是才剛認識不久的朋友，但對於白震山來說，男孩就是他可以無話不說的知己好友，也是他可以請益依賴的兄長，是以對他而言，實在無法面對將要與男孩分開的現實。

「那你不能不去麼？」白震山滿懷期待小聲地問。

「震山，我知道你捨不得我去出家，但我也曾和你說過，其實我早在七歲的時候就已經在我的家鄉出家了，那是由我們的占卜師決定的，就連我的父母也無法反對，我的師父帶我來這裡，就是為了做那個測驗，確認是否我就是古老預言中所說的那個人，而就在剛剛，我通過了那個測驗。」

確實男孩對他說過這件事，來到這個山城，男孩並沒有做出家的打扮而是與一般孩子的穿著無異，據男孩的解釋，他必須儘量的不引人注意低調地進行一個測驗，男孩所說的那個測驗，據說，是一個為了確認他們當中某種特殊身分和使命的人是否已再投生轉世的測驗，這個測驗其實說來簡單，只是要完成一幅未完成的地圖，那個地圖不屬於現今世界任何一處的地形地貌，所以無從參考也無人知曉，它的全貌只存在於山城往上的山裡一個叫十方禪寺代代相傳的方丈腦子裡，據說這個禪寺是千年前由一群來自遙遠高原地區遷徙而來的出家人蓋的，沒有人知道他們為什麼大老遠跑來這裡，只知道他們每一代的方丈都讓無論是外來人或是本地人作著一樣的測驗，答案只在代代以意念秘傳的方丈的腦中，也就是說，已經一千多年沒有人通過這個測驗了。

「那為什麼得大老遠地來到這裡呢？」白震山嘆了一口氣頹然的在一塊大石頭上坐了下來，突然若有所思地問。

「千年前，我的族人遭到了外來存有的入侵，他們想要破壞我們神聖的傳承，於是在這場浩劫下，我們尋求了龍族的幫助，將我們的聖物以及真正的知識隱蔽在外來存有無法發現和觸及的地方，並且以一種秘密的方式代代相傳開啟它的方法，除非是對的人與正確的時間，這些隱藏都是無法被打開的。」

「那又為什麼是你來作這個測驗呢？」

「就跟指紋一樣，每一個人的振動頻率也是獨一無二的，我的族人在很古老的年代，就有了能夠辨識每一位過世者靈魂的頻率振動，在對的時間將特定人士安排轉生回到族人間繼續未完成任務的知識，不過，這也並非不需經過往生者生前的同意來安排，例如我還記得，我刻意選擇了對人類而言比較長的時間，因為我知道有很久的時間都是不適合再來的。」

「你說『對人類而言比較長的時間』那是什麼意思？」

「震山，時間只對這個空間場具有意義，當你脫離了這裡的場振動，時間就不存在任何意義了，我知道這不容易了解，以後有機會我會再慢慢和你解說。」

那天，兩男孩就這樣聊到了天色逐漸變暗月亮將要升起時，才緩緩起身回家，因為他們心裡都明白，未來要像這樣可以好好聊天的時間，將是非常的稀少了。

大家都以為，白震山將自己關在書房裡只是難以平復痛失好友的傷痛，畢竟過去方丈還在世的時候，不但年年隨著採藥隊入山，還在幾次危急的情況下，憑著他絕世的輕功，救了白震山的命。不過，沒有一個人知道，白震山其實早在方丈圓寂前，就已經知道他將要圓寂的確切時間，因為那最後一次的聚會……。

「空海！你我情同兄弟，怎能說走就走，你的身體比我還要健朗百倍，要我怎能相信你現在還活得好好兒的，然後要死就死了呢！豈有此理，我是醫生，你得讓我弄個明白！」

「震山，生死不是兩回事，它是一回事，人們忌諱甚至害怕死，就因為只看到死沒有看到生，沒有把生死當成同一件事來看。」

「唉！你別跟我說那個方生方死方死方生的，你得讓我明白，你好好的一個大活人，幹麻就這樣要走了？你就這樣走了，明年我自個兒採藥去？那個絕嶺大崖岩縫的花，難道要我一個人綁著繩子採麼？」白震山激動的說。

「我走，就是為了讓你未來不用再採那麼多藥了，來或許是走，走或許是來，我跟你說過形體是不重要的。」

「什麼！這是什麼道理？藥不夠量？拿什麼醫病？就算是用針砭，也得藥石配合，你自己也不是不懂，說這話像話嗎！」白震山說得更大聲了。

「唉！震山，你莫驚疑，你尚需要再等幾年，才會明白我過去所說的道理，現在我只能打住不說，為的正是讓你幾年後自己終於明白，現在說了，反而是推遲了時間啊！」

「過去只要你要我等，要我看，你總是對的，可是這次，我實在受不了也禁不住啊！」白震山頹然的坐下，手肘靠著桌面掌心掩著臉嘆了口氣，終於平靜的說。

「震山，將來你會明白，我並沒有離開你。對一般人而言，那是生死，對我們而言，那只是你們不可見的移動罷了。」

「你說的可是輪迴轉世嗎？到時我怎麼認得出是你？你又怎能幫得了我呢？你就不能別走嗎？我實在看不出來這有什麼意義！」白震山突然放下手睜大眼瞪著空海。

「呵呵呵……你會的，你會知道也一定能認出我的。對了，在這之前我想回到我出生的地方看看。」

「我陪你去！你回家鄉得翻山越嶺的，沒有我的快馬行不得！」

「你忘了嗎？我們要去那兒，是不必那麼麻煩的。」空海面帶微笑一面說著，雙掌一面輕輕緩緩的專心的打著他特有的拳法，好似正聊著的是一個頗輕鬆的話題如往常一樣。

白震山明白空海說的是什麼意思，他沒忘，就在前不久，空海突然到訪，情緒異常的激動，雙眼散發著前所未有的光芒……。

「震山，我終於知道要怎麼進去了！」

「你找到入口了？」

「不！根本就沒有入口！」

「什麼？沒有入口你又是怎麼進去的？你把我搞糊塗了！」

「震山，你不要急，聽我慢慢說。」空海抬起一隻手，示意白震山不要著急。

「前幾天我突然作了一個夢，夢中我穿過了那個我跟你說過的巨大岩石，醒來我就瞬間明白我要怎麼進去了，你也知道，自從確認了先人隱藏聖物的洞穴位置，我就一直嘗試找到入口和進入的方法，始終徒勞無功，我根本忘記了，自小我就受過出體的訓練。」

「出體的訓練？」

「是的，我們可以將更細微的身體從肉身體分離出來到所想去到的任何地方。」

「這樣身體會有危險麼？不怕回不來嗎？」

「在出體的時候，會有一條銀色像細絲的能量線從肚臍的位置連結著靈體，這兩邊有任何狀況都能透過銀線傳遞。」

「可以到任何地方？我還真想飛到山的頂端查探那個與世隔絕的秘境，你能教我出體的方法嗎？」

「現在不行，你的心智能力還不夠堅強，在一開始出體的時候，由於是與其他維度的空間重疊，會有較低等的一些靈體試圖想要嚇唬你，聚在一起搖動你的銀線讓你驚恐害怕，而那對我們來說，只是小事一樁罷了。」

「那麼說，你已經出體進去那個地方了？」

空海緩緩的點點頭，臉上帶著掩不住開心的笑意。

「我出體穿過掩蔽山洞的巨大岩石後，進入了一個廣大高聳綿延數里，幾乎看不到邊際的空間，遠處有著亮光，走了一段路近看，才發現那是崁在山洞內壁高處，不用燃燒油就可以亮著的燈，山洞內部空間有著幾副巨大完整的龍骨，原來，我族的先人將聖物放進了龍塚裡，一個有著龍族能量保護的地方，無怪乎沒有入口，龍族使用了法力，將四面八方以厚重巨大的花崗岩封住了這個空間，除了能與之匹配的靈魂振動，沒有任何存有能穿過這道障礙，震山，我不知你是否知道，你這個書房，也是一個受到古老的神聖力量所保護的空間，所以我在這兒說這些話很安全。」

白震山驚得說不出話來，關於這個書房的秘密，他從未跟任何人說過，聽到空海這樣說，他的心都快要跳出來了，只能怔怔的看著他。

「震山，今日我得在此打住先行告辭，我需要回去好好整理思緒，很可能得必須作一個重大的決定，過幾天我會再來訪，到時再續聊吧。」

那天，白震山像往常一樣一路送好友至大門口，他萬萬沒想到，好友所說的過幾日的造訪，竟是來跟他生死道別。

「我再問你最後一次，真的沒有別條路可走嗎？」白震山用幾近懇求的語氣說。

空海停下了打拳的動作，用一種很認真就像是一切已毋庸置疑的眼神看著白震山。

「今生我以這身分已無法再做得更多，這次轉生我不會再透過與族人合作的方式，一切將由我自己完成包括選擇我來生的父母，我承諾你，一定再回來，你也一定會認出我，等到我二十一歲那一年，你就可以將我帶去那大岩石前，剩下的，就交給我了。」

「我走了以後你無須擔心，只要你能時時記得用我教你的呼吸法，活在當下，無念清淨，除非你自己要恐懼，否則沒有什麼東西是能傷害你的。」

空海的話似是讓白震山想起了什麼，他突然瞪大眼睛舉起一隻手向下指著一個方向結巴似的說：

「那那那……這你不說我倒是忘了，下城有個村鬧狐妖你聽說了嗎？你說你不留著斬妖除魔，你對得起老百姓嗎？」

空海想了一下，慢慢的從懷裡拿出一個東西，張開手掌給白震山看，那是一顆晶瑩剔透的水晶球。

「跟你解釋這個，得用到這東西，你得有耐性地聽我說。」

「我們族人在很早以前就懂得用水晶球紀錄我們腦海中的經歷像這樣」空海說著就把水晶球放到了額中心的位置貼著額頭。

「如此一來，無論是儲存影像記憶的當事人，或是下一個被傳承這顆水晶球的主人，都可以反覆查看這些被記錄的影像，以及補充新的影像紀錄。」

「這跟狐妖有什麼關係？」白震山疑惑的問。

「這正是我要跟你解釋的，你得按下性子慢慢聽我說，其實所有的地球物質元素都有吸收振動的功能，所以所謂的狐妖並不一定是有靈魂有意識地存有，因為只要有足夠的人相信有這東西存在，就自然有物質會吸收這些人們的意識也就是人們投注在上面的能量而將此物創造成型，那些所謂的道士也好巫師也罷，他們也就的確會看到這個一般人看不到的，其實是由思想組合成的微細形體，所以這個實體所呈現的樣貌只限於人們想像所賦予的形象，他能說出的話也只能是人們認為或是傳言他會說的那些內容，也就是說，那只是像一個不斷重複播放的紀錄沒有自主的意識，無論你怎麼跟他對話交流，他都只能答非所問的一再的重複那個紀錄，像這種情況，只要人們停止不再持續餵養那個能量體，他自然就會逐漸的消失了，所以這類的所謂妖啊還有鬼屋裡的鬼啊，甚至人們創造出來的某些神啊，都有可能是這種沒有自主意識靈魂的能量體，既然沒有靈魂存在裡面，他們當然也是不必投胎轉世的，我這樣說你理解嗎？」

白震山想了想點了一下頭，示意空海繼續說下去。

「但是如果是另外一種，那就比較棘手了，那就是一個因為有放不下的執念而執著於上一世死亡時的身分的靈體，進入了這些被人們膜拜的物體裡，有的尚屬良善，意願在不違背天理的情況下幫助人類，懂得積累自己的善德因緣，但是也有許多只不過是依憑自己的喜怒好惡以及累世積累的種種習氣在人間胡作妄為，或是魔道為貪求吸取人體精元而欺騙人類，濫用靈界能力裝神弄鬼，因此造下重業重罪而不自知，這一類的就得有道者方有能力處理，我會遙視看看是哪種情況，有必要就會去一趟那個村，你就放心吧。」

「你的意思是說，狐妖跑到廟裡的神像裡啦？」白震山想起，幼時他聽過母親跟他說過類似這樣的故事。

「是，這就是我說的為什麼比較棘手的原因。」空海點著頭說。

「可是，廟裡供奉的不是神祇嗎？怎麼會變成了妖怪呢？」

「震山哪我問你，你認為，神佛真的需要人間的香火來供奉嗎？」

「恩，我想，既然是神佛，應該是不需要吧？可是不對啊，你們寺裡不也是供著佛像嗎？」白震山猶疑又困惑的說。

「看起來像是一樣的事，不一定就是一樣的，對真正修行的人而言，明白整體是合一，眾生平等無分別是首要的認知，是以所謂神佛只是在廣大的一體當中自己的一部分，當我們出家人對著神佛的像行大禮拜的時候，我們是在拜那廣大的或是說我們所期待未來能夠成就如同當年的佛陀一樣的那個自己，如果不是這樣，以為神佛是神佛自己是自己的話，那麼人們就不會為自己的所思所想所做所為根本的負起責任，而是寄望一個所謂的神佛仙人來承擔或是處理解決其實是自己造成的問題，如此一來，反正天塌下來有神佛頂著，自己是不必為天為什麼會塌下來思考反省的。」

「恩，有道理，那佛寺的神像裡面到底有沒有神靈在呢？」

「對於更高層次的存有而言，祂們非常樂意在回歸源頭的道路上協助人類，必要的時候，他們也願意暫時幻化為人類所熟悉的所謂神佛的樣子來協助，我見過這樣的幻化，然後接下來祂又幻化成一老人，最後祂根本就用一團光來顯現自己，哪還有什麼形象，這就是祂們對我的教導。」

「那我們這些看不見的，到底要怎樣才能知道神像裡的，是魔是佛還是張三李四啊？」

「那要問你自己是佛是魔還是誰啊，如果不是人心愚痴，貪圖妄想，把神佛當成了可以利益交換的對象，凡事皆以自利為出發點不顧他人死活，魔又怎能有機會得到供養的力量來作亂呢？」

「是以如果人們只執著於形相而不深究真理，就會發生種種問題，那些徘徊人間的靈體一旦進駐佛像內，就可能被更大的非人勢力所控制，而延緩了他們原本可以走的進程，那些魔或是妖就更不用說了，他們運用法力幻化形相迷惑人心的結果，最後都需要背負更重的代價，還有一種，就是前面提過的，神像裡面並沒有一個有自主意識的靈魂在那裏，純粹只是眾人的意識能量所餵養出來的一組意識振動罷了。」

「我還有一個問題。」白震山想了想說。

「那種人家說冤魂來討債的算是哪種情況？」

「一樣是兩種都有。」

「人們以為惡事做完就什麼都沒了，其實不是的，這些作惡的人他們的靈魂會產生愧疚與罪惡感，無論有沒有被他們的心所察覺，這都會形成一個灰黑色的霧狀體儲存在於人的靈魂當中跟著他生生世世，因為靈魂同樣是具有儲存紀錄的功能，一旦這個人又再出現了類似的行為或是思想，就會激活這個儲存的記憶，使得這個罪惡感的檔案再度被打開而可能被自己或其他人所察覺甚至看見，除非此人能平衡自己造成的這些錯誤，例如佛家所說的懺悔，否則就得以自身未來的經歷去相對的平衡它，所以像這樣的情況，他一樣是能量所形成，也就是說所謂來討債的靈魂本尊很可能早就去投胎轉世了，存在的只是作惡者對於自己惡行的罪咎記憶和回返感受。」

「另外一種我想不說你也猜得到，就是剛離世不久的靈魂，還沒有意識到自己的死亡，或是死亡是因為冤屈或是無論是怎樣因素導致的情感情緒的激烈波動，使得他們對於生前身分產生執著而對與之相關的人有互動影響。」

「所以佛家說的輪迴是真的了？」

「其實真正所謂的輪迴，並不是單指物質層面可見的生命迴返，而是有一個更廣義的意義，即是你所體驗的是你自己所容許的，用最簡單的話來說，如果一個人真正懂得什麼叫做輪迴，他就會用自己希望被別人對待的方式來對待別人。」

「那人死到底該去那兒，真有天堂地獄麼？」白震山心裡想，他要不一次問個清楚，恐怕以後想問也沒得問了。

「每個靈魂都會先回歸到本源之光，再決定下一個旅程，但在回歸本源之光以前，會先經過一個類似光隧道一樣的空間，在那裏你將會經歷你這一生所有給出的能量無論好壞，也就是說，施者成了受者，或是加害人成了被害人，每個人都將照單全收自己這一生，從頭到尾所給出去的，對他人造成影響的能量，別人的感受是什麼，甚至連帶他周遭的人的感受又是什麼，他都得一一經歷，好比你殺了一個人，你除了感受被殺者的恐懼和痛楚，亦將感受失去他的親朋好友的悲傷。所以除了對前生太過執著的人根本不願意進入隧道以外，許多為惡者尚未到達本源之光前，就放棄於隧道中繼續面對自己而成為徘徊遊蕩在人間不知何去何從的靈魂，甚至因為無知又作惡而變成人們口中所謂的邪靈。」

「所以你的問題我這麼回答，如果你將天堂帶來人間，你死後就將經歷天堂，如果你將地獄帶來人間，你死後將經歷何謂地獄，不去面對不僅是延緩經歷的時間，還增加了能量回返時的強度。」

「你這麼說解開我疑惑了好久的問題，小時候聽那些什麼天堂啊地獄啊閻羅王啊，還有牛頭馬面的故事啊，我都在想，那些外邦的人沒有閻羅王可怎麼辦啊！所以其實沒有閻羅王是吧？」

「你忘了我前面說什麼了，人的意念等同於創造力，就因為這個力量匯聚起來太強大，可以無中生有，甚至集體的意念可以創造出一個世界，至於所謂的懲不懲罰，其實都是前面所說的能量的回返與平衡，自己最高的靈魂才是自己的審判者，也就是因為人有意念這個生成萬物的力量，所以想要控制人類的外來實體，一旦掌控了這世上的權力，第一件事就是要人類相信自己是弱小無能必須依賴這樣的信念，用負向消極的信念逐漸取代正向積極的信念，一代一代的洗腦，並將真正的知識摧毀，目的是為了防止人類與源頭連結而發現自己真正的能力，你知道嗎？我的族人裡有一個特殊的派系，他們住在高山上與世隔絕，專門修練飛行，可以從一個山頭飛到另一個山頭，這是沒有飛行信念的人絕對做不到的，所以飛行也好騰空也罷，也許在很古老的時代，根本都只是稀鬆平常的事而已。」

「那麼，那些害人的巫法？也是信念造成的？」

「是啊，你知不知道被那些所謂害人的法術傷害最重的人，其實不是被施法的人，前面提過任何出去的能量都會相對的回返回來，法術也是意識能量的凝聚振動，既然是振動就會隨著時間逐漸變弱，最後消失，所以它作用的時間是很有限的，除非是持續不間斷的餵養，但這是不容易做到的，所以有一種輕省的方式就是設法讓被施法者相信那個力量真的能夠傷害他，而達到事半功倍的效果，所以對所謂法術沒有任何認識或說根本沒有信念的人而言，這些能量的影響是相對輕微的，但是對於法術深信不疑的人來說就不一樣了，但無論如何，對發出黑巫法的人來說，所有發出去的能量所造成的影響和其他相關人的影響都會使這個回返的能量壯大，往往最後以倍數的增長再返回自身，所以，一個惡法師的信念無論多強大，當這個自身出去的能量返回之時，他都將是自己信念的最大受害人，只是時間的早晚而已。至於那些與魔交換力量來達到目的之人，已是魔眷，魔眷自有魔折磨，就不提他們了。」

白震山若有所思的點點頭。

「時間不早我也該回了，總之，我走以前一定把狐妖這件事辦好。我比較擔憂的是我跟你說過的那一年要注意的事，只要你無妄念妄行，逢凶亦可化吉，一切自有老天安排。」

空海最後說的話把白震山從天堂地獄的想像裡拉回到了現實，他幾乎是忘了空海今天來是幹嘛的，白震山無奈的將身子重重的靠向椅背，雙手交疊在前，想再說點兒什麼又說不出來，最後只好無奈地起身送客，一路走著兩人都不發一語，最後到了大門口，白震山終於忍不住流下眼淚，他多希望自己是當年那個與空海初相遇的小孩，這樣他就可以好好的大哭一場發洩發洩心裡的悲傷，可是如今他只能儘量克制自己，悲傷的看著空海對自己行了一個禮後逕自離去的背影，他所不知道的是，轉過身後的空海，臉上也流下了兩行淚，不是他還沒看破生死，而是不捨眾生的悲傷。

望月十五，丑時初刻，處於平原的下城，麒麟鎮的白鶴村，一個年約三十許的青年道士，背著桃木劍，手上抱著一個大包袱，行色匆匆的趕著路，行至村口的王母娘娘廟，立即開始佈陣擺壇，只是不知是什麼力量搗著亂，每每他壇才擺好，立即刮起一陣大風將所有的物品吹落一地，如此反覆了幾次，道士終於忍不住大喊一聲跳起身來，從身後拔出桃木劍，咬破手指塗在劍身直指前方……。

「咄！咄！咄！妖狐！你既被我看穿真面目，竟還膽敢繼續在此裝神作亂，小道我不信今天收不了你！」

道士方說畢，一個巨大白色透明的狐狸頭從廟裡竄出，雙眼通紅，齜牙裂嘴皺著鼻，模樣兇惡的怒瞪著道士：

「就憑你這些破爛玩意兒也想收我？你師父難道沒教你，遇著狐大仙，就快滾遠點兒嗎！」

「我呸！仙有仙道，你當我不知？你們狐類得修兩百年才能修出人形，你這廝卻投機走捷徑，害死人命吸取精氣來增強法力，你這墮入妖道的畜牲，小道我今天不收了你對不起天理！」

「哈哈哈哈……說你笨恐怕你還不承認，這裡面沒有一個是不該死的！我只收為非作歹壽命將盡之人的命，不過是討點小便宜提前結束他而已，何罪之有！」

「孽畜！天道什麼時候由你來決定死期了？別以為我不知，一開始你確是找重罪之人下手，結果法力得來太容易，蒙蔽了你的良知，最後連罪不及死的人你也下手了，你若不認罪悔改，我必將你捆縛，交與天庭發落！看你還能囂張到幾時！」

「哈哈哈！到底誰收拾誰還不知道呢！剛好拿你這小道來練練手，這可是你自個兒願意的，怪不得我嘎！」

狐妖一說畢頓時風雲變色，狂風大作呼嘯盤旋，飛砂走石鋪天蓋地，看似有摧枯拉朽之勢，只見小道雖站也站不穩，卻不急不徐沉著的不斷的比著手印口中念念有詞，身影在風沙中飛舞跳躍著，一方面忙著將白狐打過來像橫向黑色龍捲風的東西化解，一方面騰出手來將一道一道白光劍氣打向狐妖，雙方相互爭鬥多時，小道漸感到體力不支，動作不再敏捷，突然，狐妖發出一聲令人毛骨悚然的奸笑，他終於等到了一個空隙打傷了道士，小道吐了一口血，在他即將昏厥過去以前，他看見狐妖索命的一個黑箭即將來到時被一個金色亮光給打了回去，他昏倒時依稀感覺身後有人像飛鳥一樣的撲近，伸手輕輕的拖住了他，再將他輕輕地放在了地上。

「哪裡來的臭和尚壞我好事！」

「殺了他你就萬劫不復了怎會是好事？你這聰明的狐狸，從來都仔細計算著代價，怎了？你的算盤是壞了麼？」

和尚蹲在地上頭也不抬的說，一面伸手探察著小道的身體情況像是白狐不存在一樣，對狐妖來說這個和尚渾身散發高能量的金色光圈讓他感到害怕，和尚說的話更是戳中了他的內心，以至於狐妖沉默了半晌才終於打破了沉默：

「和尚，你我井水不犯河水，你讓出一條道給我走，我保證不會為難你。」

和尚搖了搖頭。

「十倍。」和尚緩緩地站起身說。

「什麼？」

「拿不該拿取不該取，將以十倍返還。」

「天雷殲擊就是你正走著的道，自以為小拿小取，殊不知已闖下滔天大禍，你大限將至小命不保，你說我該讓什麼道給你走？」

「哈哈哈哈……什麼命不命的，這話從你們短命的人類口中說出來特別的好笑，別說百年千年了，就是長生不死，我們也未必不能達到，倒是你們這薄命的人類啊，延不了性命攢不了法力，還有臉在那裏大言不慚地說三道四的呢。」

「原來干犯天條，就只是為了這些愚弄自己又愚弄別人的破法術啊！」

「破法術？！你說什麼？！破法術？！我就讓你見識見識什麼叫破法術！」

狐妖憤怒極了，他立刻把自己幻化成一個巨大穿著鎧甲模樣兇惡殘暴的天將，手執巨戟向和尚戳來，奇怪的是和尚只是雙手合十，依舊站在原地，完全沒有避開或反擊的意思，眼看和尚即將被殺時，和尚周身的光芒似是有意識一般將狐妖幻化的天將反彈了回去，狐妖幻化的神將飛出了老遠。

「哼！你別以為是你強，要不是剛剛被那不知死活的道士削弱了我的力量，你哪有這等便宜可以撿！」其實狐妖對和尚的能力吃驚不已，一面不得不嘴硬，一面思忖著，要如何運用計謀來打敗和尚。

「我勸你還是別費勁了，我在整體裡，和你就是一體的，你又怎能傷得了我呢？就算你用法術把我變成一個鉢，我也會立即恢復原狀，不信你試試？」

「可惡的和尚，別以為我就沒招了，我可知道你們這些脆弱人類的軟肋是什麼！」恢復原形的狐妖狠瞪著和尚大叫著說。

接下來發生的事也是非常的迅速，只見狐妖變成一道黑影迅速的竄入了道士的身體裡，道士突的睜開滿佈血絲的雙眼，倏地坐起身，面目猙獰的高聲奸笑著：

「怎麼樣啊禿驢，你來殺我啊，你殺了我，這可憐的小道士也得死，嘖嘖嘖，可憐哪，窮人家養不起的孩子，好不容易學了點雞毛蒜皮的法術嘛，就倒楣遇上了大仙我，更倒楣遇上了你這攬事的和尚，現在，這副身體我要了，你奈我不了何，只能眼睜睜地看著我用著這副身體一直到他壽盡之時，啊哈哈哈……！」狐妖得意地笑著。

「你是說，除非這副軀體壽盡，否則你都不出來啦？」和尚用略帶詫異的語氣問。

「沒錯！死和尚，你就承認自己的無能，救不了這道士，敗下陣去吧！長點記性，下輩子別管我們的閒事，喔對了，我怎麼忘了，你們是不會記得上輩子的，哈哈哈哈……！」

「看來我確定是沒聽錯了，既然您準備在這身體裡待上一輩子，身為人啊，我得給您提個醒兒，這人的身體啊，老病死的一向被你們瞧不起您是知道的，所以啊，您得好好的照顧他，不然就得準備著看，得經歷哪種死，哪，不吃飯餓死，不喝水渴死，不添衣凍死，不減衣熱死，跌倒了磕死，掉井裡了淹死，通通躲過了災咎最後還是得老死，您說是吧？」

「呵呵，和尚，你別以為你聰明，用這些話能騙我出來，你是達不到目的的，我贏了！」

「這裡面恐怕有點誤會，我剛剛沒說要你出來啊？說了又有什麼用？這不是你自己的決定麼？」

「你不管小道士的命了？你們這些出家人還真是慈悲為懷啊！」

「喔，可不是嗎？我一方面，得把道士的真身在另一個空間照顧得好好兒的，另一方面我不是正在這兒關心您的身體嗎？」說著和尚蹲下抬起了道士身體的手臂：

「唉！怎麼下重手把他給打殘了呢？還站得起來嗎？站得起來那就只是殘了，站不起來的話恐怕就是癱了。」

「臭和尚休想矇我，不管你說什麼我都不會出來的，什麼殘啊癱的，他只不過是元氣耗盡了暫時動不了而已，活該這個沒長眼的道士，自己沒本事口氣到是不小，哼！」

和尚站起身，緩緩走到了狐妖對面盤腿而坐。

「我說真格兒的不開玩笑，從現在開始，你真得好好認真想想是否真要在這身體裡待上一輩子，你得想清楚了，萬一這身體真的殘了，我只好將你帶回寺裡照顧，問題是你願意不願意？我保證吃喝拉撒洗睡都有人照應，也許還給您做個木輪車什麼的也好出去院子裡曬曬太陽……。」

「閉嘴！禿驢！這道士若是殘了廢了，我就不吃不喝的等他死！」

「哎呀！您怎麼說不通呢？道士在空間裡好好兒的您怎麼知道他一定就想回來呢？好好好！既然您堅持，那我只好留下來替道士收屍了，有什麼需要還勞煩您喊我一聲。」

和尚開始結手印打坐微閉著雙眼，不再發一語，四周只剩蟲鳴和偶爾的幾陣風聲以及稀疏的鳥聲，使得這兒的空間突然顯得出奇地安靜了起來。

天色逐漸從微明到淡淡的藍，天就快亮了，此時的風特別的冰冷，在道士身體裡仍然無法動彈的狐妖，只能避無可避的吹著冷冽的寒風，起了一身的雞皮疙瘩，一直到天色又變得更亮了點的時候，寒冷才逐漸退去，這時遠處傳來了雞啼聲，金黃色的陽光終於照亮了四周，王母娘娘廟前的地上一片狼藉，面對面的兩人，依舊安靜地坐著，因為聽道士說這兒有狐妖，村民都不敢接近，也沒人知道這裡正發生著什麼事。

日正中午了，在道士身體裡的狐妖越來越感到心慌，他在這個身體裡不但感到又飢又渴，頭昏腦脹，而且全身還有著像要被撕裂一般的劇痛，無論休息了多久，用了各種方法，都還是很難使動身體離開眼前這處地方，他感到正中午的太陽炙熱燒烤著皮膚，體內的水份漸漸的蒸發著，除了筋骨與皮肉的疼痛，隨著幾處皮開肉綻的傷口不斷的淌著鮮血，也讓他感到生命的力量正在一點一滴的流失，終於，他實在耐不住也忍受不了了，決定放棄，佔據這個身體的主意。

突然間，道士面露驚恐：

「我……我怎麼出不去了！和……和尚！你對我做了什麼？」

和尚緩緩睜開眼。

「沒啊！您看到我做了什麼了嗎？如果我做了什麼，還能逃過你的法眼嗎？」

「那……那我怎麼……怎麼出不去了？！」

「不是您說要在這軀殼兒裡待到死的嗎？」

「我現在改變主意了！我不要他了！」

「喔！那可不行！」

「您說您要待到死，這話老天聽見了，道士聽見了，這副軀體聽見了，最重要的是您自己的靈魂也聽見了，這就跟簽合同一樣，簽好了現在又要改合同了，這可不是一方說了算。」

和尚說畢繼續打坐，四周又陷入一片沉寂。

過了許久，狐妖道士突然開始哭泣：

「和尚……救救我！請你救救我！無論今後要我做什麼我都行，求你原諒我好嗎？」

「唉！我是沒有立場來原不原諒你的，只有你自己有立場原諒你自己，也就是說，只有你自己能救你自己。」

「真……真的麼？大和尚請你教教我，請你救我……。」狐妖道士跪趴在地哭著說。

「狐妖，你貪求力量不走正道，迷失心智，泯滅良知，在人間胡作非為，傷害生靈，你若誠心懺悔，從此修心修行彌補罪業，天地為證，即可重獲生命，未來自有善導……。」

道士醒來後，告訴了白鶴村裡的人王母娘娘廟前發生的事，包括他在昏厥後以靈視看到的，有個和尚出現了，狐妖想打倒和尚未果後將自己身體佔據，之後又因痛苦而反悔，和尚曉以大義後念了一段經文，空中出現了一道光，狐妖從道士身體裡出來，走進了那道光，最後狐妖就與那道光一起消失了，接下來道士看到，和尚的雙手發出光芒，在道士的身體上方來回移動，道士的身體就修復如初了，可惜的是他睜開眼後和尚已不知所蹤，透過村民依照他所描述的外貌推測，他才知道，那位救他的和尚，就是上山城山裡十方禪寺的住持，法名空海的和尚。

白震山記得，那次書房聚會後不久，空海收了狐妖的事蹟就由下城傳了過來，那時空海已經開始閉關，是以聞風而來想見他的大批群眾只能被擋在山門之外，又過了半個月後，山上就傳來了空海方丈虹化圓寂的消息，所有的人都感到消息來得太突然而震驚無比，家僕更是遲遲不敢通報白震山，就怕是個誤傳，直到空海的大弟子覺空和尚，親自帶著師父的遺言手信來訪，家僕才慌張的通報。那封空海最後的親筆信，只有兩個字：「等，看。」

此後，白震山就時常一個人關在書房裡，仔細的想著過去發生的每段記憶以及空海說過的每句話，就怕漏了什麼蛛絲馬跡，讓他錯過了解開這個空海留下的謎題的機會，但是儘管如此，他還是一無所獲，也沒等到他朋友的再次出現，城裡的甚至城下的男娃出生他都去看過了，沒有一個像他，他心裡想，空海的預言，終於有了一次例外，他心裡也不怪他，畢竟生死相隔，變數太不可測。

第八章 雙龍之舞

這一夜對白洛普來說實在太長了，感覺上整整三個多月，都沒有這一夜那麼長，她睡不著，時時凝望著窗外，像似絕不能錯過天亮的那一刻似的。她腦子裡盡是廟裡面、書本、圖畫裡面，雕刻的或者畫的、印的那些龍的樣子，當然也包括每天看的，家裡飯廳那張大桌邊上雕的好幾條活靈活現的螭龍。她凝神等著雞啼聲，但是窗外始終只有蛙叫和蟲鳴，好似天不會亮了一般。

再次睜開眼，天已經亮了，白洛普驚得跳起來，奔到了大飯廳，只見早飯還未上桌，時間還早得很，但是白洛普不想等了，她直接奔向廚房，向尚在準備早飯的廚子要了些乾糧飲水，就直接帶著梅鈴出門了。

快要到城邊空地的時候，她以為自己是最早到的，因為時間實在還很早，不料遠遠的就看到大樹下有一團小小灰黑的東西，走近看才知道那是小石頭，牠正仰面向上四腳朝天呼呼大睡著，模樣可愛，白洛普不禁笑出聲來。

「看來這傢伙昨晚睡這兒呢！」梅鈴笑著說。

小石頭被這一陣騷亂驚醒，睜眼一看是白洛普來了，牠翻起身來踮起腳尖抬起頭伸長脖子左右嗅著，歡呼了一聲就跳到了她手心上。

「是奶酪大餅！」急忙著就開始吃了起來。

遠處一個黑點正在飛來，那是芬多美麗的身影，牠那像琉璃一樣紫色交錯綠色環頸的羽毛，在陽光的照耀下閃閃發亮。

「討厭啦！我以為我會是最早到的呢！什麼時候你們都比我還早起了啊！真是！」

大家吃罷早餐，精神抖擻的一起往荊棘林出發，芬多待在白洛普的肩上，小石頭安心地待在白洛普的口袋裡探出頭來，梅鈴高舉著尾巴顯得心情很愉快，但是牠並沒有忘記警戒的任務，所以走在最前面。

荊棘林眼看就要到了，小石頭忍不住跳下來快跑向前，去尋找傳說中的美食「藍蕨」，芬多也飛了起來，警覺的盤旋繞飛著，向下俯瞰無水的石灘和荊棘林的全貌。這時所有在場的一行人，全都聽見了一陣洪亮的笑聲，這正是白洛普，期待了好久的聲音。

「呵呵呵……你們好啊！朋友們，來得真早啊！」

小石頭被這洪亮的聲音驚呆了，手上抓著藍蕨，嘴上也掛著一絲，就這樣目瞪口呆的站在那裡，活像一個老鼠雕像，芬多看見了梵魯笛巨大的身影從荊棘林中走出到石灘上，即刻慌張地飛回白洛普的肩上，眼神專注，呼吸急喘，緊張得俯身歪頭看著這從未見過的大龜。

「我們是不是來得太早了？有沒有吵到你睡覺啊！」白洛普因為梵魯迪的出現，開心得笑了起來。

「呵呵呵……沒有啊！其實我一個月前就醒了，之所以日子選在今天，是因為星象的關係。」

「星象的關係？為什麼呢？」她實在想不透，就為了星象，足足讓她多等了三個月。

「星象決定了基本的天氣，今天的天氣正好是我們需要的，待會兒你們就知道了。」

梵魯笛溫暖親切的聲音彷彿有種神奇的力量，使得驚嚇發呆的小石頭很快的恢復了神智，繼續嚼著他的美食，這種植物帶給牠前所未有的感受，讓牠感到通體舒暢精神充足。

「你快來嚐嚐看，真的是太棒了！」小石頭看到梅鈴也在享受著藍蕨，就高舉它對著芬多說。

芬多依言飛了過去，叼起藍蕨飛到就近的地上用腳踩住仔細的品嚐著。

「請問你的龍朋友今天會來嗎？」白洛普蹲下來對著梵魯笛小聲而興奮的說，彷佛這是一個不能被別人聽見的秘密。

「你自己看吧！」

白洛普立即站起來循著梵魯笛的指示向天空的方向看去，但是天空除了濃厚的雲，什麼也沒有。

但她知道，就快有什麼了，她的心緊張的跳著，感覺到就要有一個不尋常的經驗要發生了！緊張和興奮的情緒交疊，使得她有一種感官變得尖銳的感覺，其他的動物也一樣在此刻繃緊了神經，留意著接下來的變化。

終於，在白洛普脖子發痠仍堅持的凝望下，她看到了兩條會動的彩虹，不，應該說，是兩條長長的正在天上游動的亮光，像彩虹般絢麗的光交疊的盤旋著，美麗極了！

「那是嗎？你有兩位龍朋友嗎？那像彩虹一樣的！」白洛普指著天空說。

梅鈴也看見了，但小石頭和芬多一樣往上看，卻什麼也沒看到，但是他們了解白洛普，所以知道她所言不虛。

「是的！他們依約來了！」梵魯笛用一種興奮又開懷的聲音說。

白洛普沒有注意聽梵魯笛說什麼，因為彩虹越來越近也越來越巨大了，也就是說，他們快要著陸了！

最後，兩道彩虹停在了荊棘林的石灘上，接著奇異的事發生了，彩虹開始有了變化，他們開始隱約有了龍的身形，接下來越來越清晰的龍體顯現了出來，其中一條龍逐漸變成了青色，另一條則顯現了白色，接下來的變化引起了荊棘林一片驚呼，兩條實體的龍出現了！一隻有著他們從未看過的鮮麗的青色，另一隻有著比天上的雲還要白的白色，白龍的體型大於青龍，他們美麗又有點透明的鱗片在陽光下閃閃發著光芒，巨大的龍爪令人望而生畏，長長的嘴上有著鬚，頭上長有直直向後方延伸的角，左右兩邊各有一個像帆一樣的鰭，他們張開鰭警戒的環視了四周後，鰭就收了起來，白洛普覺得那對鰭張開的時候真是好看。

這時傳來一個優美的聲音。

「你們好！我叫斯拉雅達，這是我的兒子薩米亞。」

說話的是白龍，青龍在一旁點頭示意，大家也和他們點頭示意。梵魯迪、白洛普和梅鈴目睹了龍全程的變化，但對小石頭和芬多來說，兩隻龍是突然憑空出現的，是以牠們還處在完全的驚嚇當中。

「老龜，你說是他嗎？」白龍說話的時候盯著白洛普看，她並不感覺害怕，相反的，對眼前的一切，竟然有一種熟悉又溫馨的感覺。

「哈！哈！哈！你自己看吧！」

梵魯笛話一說完，就朝著青龍大步走去，並招呼白洛普他們也往白龍的方向走去，兩條龍移動了一下，將頭降低下來平貼著地，伸出前爪作為接引，梵魯笛要白洛普他們爬到白龍身上，他自己則爬上了青龍的頭部。白洛普抓著龍的長角，跪坐下來雙腿間夾著梅鈴，小石頭與芬多分別在她兩個口袋兜裡待著露出頭來。

「大家坐穩了！我們必須把握時間，他們在這樣的狀態不能過久，否則就回不去了！」就在大家都穩住了身體後，梵魯笛大聲的說。

說著，兩條龍輕輕地一躍而起，緩慢的彼此交錯旋轉向上，這種游動的方式，使得他們彼此可以看見彼此，沒多久，他們就到了雲層之上，兩條龍這時飛行的方式改為繞著大圈，彼此穿梭迴旋，像在跳一種緩慢優雅的舞蹈一般，雲層上方是空空的藍天，底下的雲層很密實，陽光照著層層疊疊聚集起來的雲層閃著耀眼的白光，他們在這一大片無邊際又光亮無比的雲海上面，乘龍飛翔，奇怪的是，白洛普感到似乎可以和白龍心靈相通，她感覺好像是他們共同決定了飛行的方向，而這趟飛行對她來說也一點不感到陌生。

回到了荊棘林，眾人都有一種身輕如燕的感覺，彷彿剛剛不是乘龍而是自己在飛。

「洛普，我先前跟你說，今天的日子是觀天象決定的，就是為了今天的那一大片雲，我們必須在雲端上才不會被人們看見，而那樣的天候，並不是天天有的。」梵魯笛說。

「可是我聽說，龍不是可以呼風喚雨嗎？」

「是的，但是那是參與共同的願望而分享他們的能力，而不是剝奪萬物生命的自由意志，你以後會懂得的。」

第九章 諾言

白洛普知道，這次回去的時間實在無法不遲了，所以在梅鈴開跑的時候，她喚住了牠。

「梅鈴！別趕了，今天反正已經遲了，讓我好好安靜的走路，我今天不想跑。」

「那妳怎麼跟老壁虎交代？」

白家的畢管家向來對貓不友善，在白震山看不到的地方，對貓惡聲惡氣不說，有時還會偷偷藏起來撿石頭丟牠們，貓兒們私底下都管他叫老壁虎，有幾隻比較激進的，還會偷偷潛進管家的房間在他的被子上撒尿洩憤，使得他怒不可遏，進出門口的時候，不得不東張西望小心迅速的開關門，生怕不小心又讓哪隻無影腳給竄了進去，奇怪的是，每到這種時候總是有幾隻貓大搖大擺的從他門前走過，讓他的心臟不太好過，這樣一來他更覺得這些貓真是可惡透了。

「我不知道，先回去再說吧！」

看著白洛普堅定的神情，步伐穩健的走著，梅鈴也就不再多說了，牠感覺這一年的經歷似乎讓小主人一下成熟了許多，她現在這種篤定的神情，就好像一個大人一樣而不是小孩兒。

還沒踏進家門，就有家僕奔出來關心的問她去了哪裡，她沒說去了哪裡只說是玩得忘了時間，家僕就說他得去通報管家，這是管家的交代，就匆匆的走了。

白洛普有不好的預感但還是走進了大飯廳用她的點心，過了不久，管家來了，也帶來了口信，要她去見母親，她看見了管家不懷好意的眼神，這一切她並不感到奇怪，因為她又看到了管家周身灰灰的顏色裡面那種赭紅色的斑紋，從小的經驗告訴她，又有不好的事要發生了，或者說，管家又跟母親告了不實的狀了，每每管家在想著壞主意的時候他的光色就是這樣。

白洛普在去見母親的路上，一路想著，到底為何父親和母親都如此的信任畢管家，而後者又為何老是要塑造她是一個說謊的小孩這種形象，他們以為小孩多少都是會說謊的，卻不知道白洛普不想說謊的原因，是因為她看見只要人說謊，光色就會暗淡，甚至有黑色的斑塊，甚至有些人更是渾身都是黑氣，感覺非常沉重。

進了母親的房門，母親坐在那裡臉色很沉，白洛普看見母親的周身都是紅光，表示她正在生氣。

「洛普！管家說妳最近都遲歸，今天是離譜到剛剛才進家門，他說妳根本沒有跟其他朋友玩，到處找不著妳，妳說，妳當初究竟是怎麼答應我的，妳到底是去了哪裡？不許說謊！」

白洛普不知道該怎麼辦，如果她實話實說，鐵定被認為在編謊，相反的她本來可以隨便編個謊來搪塞，但她實在不願意這樣做，於是她只有沉默，定定的看著母親。

「難怪管家說妳叛逆，妳連我的話都不聽了！去！去書房找妳父親，妳今天要不說實話就別吃飯了，小小年紀就反骨，也不知道大人是怎麼在擔心妳的！我當初就不該擔保妳！」顯然她的沉默更加的激怒了母親。

白洛普想，父親向來比母親了解她，也許她可以和父親說。

進了書房，父親並不像母親一樣是在一個憤怒的狀態，但看得出來，心情也不是挺好，正確的說，帶著一些憂傷。

「洛普啊！來！妳坐下，妳說說看，到底今天是上那兒去了，別怪你媽那生氣得，妳是白家唯一的孩子，去年那次失蹤，把我們都急壞了，妳不理解我們是怎樣在擔驚受怕的。」白震山嘆了一口氣說。

父親的詢問讓白洛普感覺好多了，她正在想著該從哪裡說起，腦海裡就浮現了今天看到的龍飛行的樣子。

白洛普不禁將雙手舉起在眼前，模仿那兩隻龍緩緩游動的樣子，那有一種說不出的美她想讓父親知道，她的雙手一面舞著一面跟父親說。

「爹，您相信世上真有龍嗎？」

白震山看著這眼前的一切驚呆了，彷彿時空回到了那日，坐在同一個位子，一模一樣的拳法，一雙熟悉的眼睛，一個特別專注又輕鬆喜樂的神情⋯⋯。

白洛普沉浸在當時的情境裡，許久之後才留意到她並沒有聽到父親的回答，當她一抬起頭，就嚇住了，她看見父親正淚流滿面的看著她，她嚇壞了，以為自己說錯了話，不敢再吭氣兒，父女倆就這樣呆望著對方，白洛普雖然從未見過父親流淚，但她並不感到父親有悲傷的感覺，所以漸漸的讓自己從驚嚇中平靜下來。

也不知過了多久，白震山終於回過神來，立即抹抹臉站起身，邊揮手邊說：

「行了，我知道了，妳母親那裡我會跟她說去，以後妳不用再有什麼門禁了，回來也不用解釋什麼，啊！就這樣，妳先回吧！」

白洛普莫名奇妙的望著父親，以為自己聽錯了，還怔怔的坐在原處，直到白震山再一次揮手示意她可以離去了，她才站起身往外走，走到房門前她不放心地回頭想再看父親一眼，沒想到卻看見父親正一面笑著一面拍著自己的頭，白洛普更懵了。

第十章 精靈之語

這一天之後的變化，使得白家上下都傻了眼，白洛普不但沒有得到「應有的」處罰，還從此沒有了門禁，管家雖然不滿，卻也無從插手。

第二天一大早，白洛普就帶著乾糧開心的直奔荊棘林，迫不及待的要告訴梵魯笛，解除門禁的好消息。

但是到了荊棘林她才想起，梵魯笛和她下次約見面的時間，是在半個月後。

白洛普不想返回，她沒有看到梵魯笛，她猜想梵魯笛正在休息所以只是和梅鈴一起安安靜靜的坐在荊棘林前的碎石地上。她雙手環著膝蓋，看著眼前的地上發呆，回想著上次在這裏那些驚心動魄的經歷，突然，她感覺梅鈴的頭在轉動著，像是看到了什麼會飛的東西，她起先以為只是一隻蝴蝶什麼的，但是，當他循著梅鈴的目光看去的時候，卻看見了從來沒有看見過的東西。

一個只比她手掌大一點，有翅膀的小人，白洛普仔細的看著那個正在飛的小人，發現她看起來是半透明的，沒有頭髮，有著尖尖的耳朵，身體周圍有小小的七彩光點在流動，像蜻蜓一樣，一邊各一副長短一對，透明發亮的翅膀，正在快速的震動著，眼睛頗大，五官精緻，一件淺綠色像是細葉脈編織成的衣服，穿在身上頗為合身。

在白洛普看到她的同時，她也正面帶微笑的看著白洛普，接著朝著他們緩緩的飛了過來。

「你們好啊！我是西亞納。」她的聲音細細的，是一個像小女孩兒的聲音，聽起來很稚嫩。

「你好！我叫白洛普，請問你是？」

「我們是精靈。」

「我們？你是說，這裡還有別的精靈嗎？」說著白洛普站了起來環顧四周。

「不是的，當我說『我們』的時候，我是代表所有的精靈在對你說話，我們是不分開的，只有人類才是分開的。」

「我們在意識上是彼此聯繫的，每一個精靈的裡面都是其他精靈的一部分，我們在整體主權意識裡面，分享著彼此的個體性，也享受其他個體的分享，但是人類遺忘了這個部份，人類以為自己是彼此分離的。而事實上我們全都是整體的一部分。」

「那人類為什麼不能像你們一樣呢？」

「人類為了在靈魂上體驗與整體分離，所以自願經驗這樣的生命，從分離來體悟合一，透過相反的一面來知道另一面。」

「那分離會怎樣呢？」

「如果你注意觀察，人類整天說話說話不停的說話，把許多的字彼此拋來拋去，就算嘴巴不說話，腦子也在喋喋不休的說著，無暇去知道生命是什麼，他們以為生命就是等同那個滿是思想的腦子，像這樣的人，並沒有活出他真正的自己。」

「人類用這些不必要的思想和情緒消耗了他們自己，他們忘記了生命的意義是彼此分享個體的存在，多數人迷失了心的本源，那個更廣大的自己，以為腦子所塑造的那個渺小的自我才是自己，但其實，人類也可以如同我們精靈一樣，在與整體的連結中活出生命的熱情，以自身獨一無二的特質與創造力澆灌生命的湧動，分享與共享生命的美好。」

白洛普聽到這裡同意的點了點頭，突然想起了什麼說：

「那在整體裡面，精靈分享什麼呢？」

「其實精靈分為很多種，其中也有部分是比較像人類一樣物質化的實體，以光體存在的精靈，例如你現在看到的我們，分享的是實化這世界的花朵，我們自己生命的迴圈一部分是花，我們在這裡透過實化出的花朵協助人類體驗愛，因為花朵的綻放同等於愛的分享，愛就是花的語言。」

「什麼是生命的迴圈？」

「生命是一個迴圈，因為妳的靈魂想體驗不同的生命經驗，所以妳把自己化生成人類的同時，有一部分也化生動物、植物、礦物等。每一個生命都是如此的，就像『藍蕨』是大龜梵魯笛的一部分一樣。」

「迴圈當中的生命，和自己的基本屬性，累生所認同的意識，和參與的創造是息息相關的，彼此相互影響成長，就像自然萬物數不盡的生命一樣，各自在不同的道路上學習，沒有好壞優劣之分。」

「原來如此啊，我在看到或想到某些人的時候都會同時看到一些其他動物的生命，有些甚至是叫不出名字來的水裡的生命，這個問題困擾了我好久，現在終於知道為什麼了，謝謝你。」

「不用客氣，其實我們精靈很樂意與人類分享我們所了解的知識，對了，那麼妳有沒有發現人們與自己迴圈裡的生命有什麼相關聯的地方呢？」

白洛普想了想，精靈的話勾起了她好多好多的回憶：

「有的，如果是熊，他們很重視吃，而且是要吃好的，他們可以為了吃最好吃的付出許多努力，那怕只是為一碗麵一盞茶，都願意不辭辛勞的跑老遠或是去排隊，同樣是重視吃，猴子就不一樣，他們只要眼前有就好，趕快的吃到比去忍耐一段時間只為吃到更好的對他們來說更重要，如果是背上有花紋的蛇，他們比平常人更有藝術天分也更喜歡種種裝飾品，如果是狗，他們好客而熱情，如果是鷹，他們有許多是成功的商人，大概就是這樣，喔對了，他們喜歡待的地方也有別。」

「我想起來有一次，和雲姨媽來訪，她帶我去逛母親娘家那裏的一條商街，我們後來走進了一間好大的賣骨董的商舖，那商舖裡鋪著湖水綠的地毯，我一進門就感到好像一腳踩進水裡了，那時姨媽的兩位朋友，正好在那商鋪裏面泡著茶聊天，見我們去就招呼著我們過去一起喝茶，我坐下後姨媽坐在我身旁和友人喝茶閒聊著，她的兩位朋友隔著茶桌坐在我們對面，我起先只是靜靜的聽著她們聊著天，突然，我看見對面坐著一隻好大的彩色蜈蚣，蜈蚣的兩排腳還在那兒忙碌的舞動著，坐在她旁邊的阿姨，是一隻大白鼠，我轉過頭去，看見櫃台的老闆，是一隻細細長長有花紋也有毒的蛇，從櫃檯經過的老闆娘，是一隻有毒的大黑蜘蛛。」

「姨媽說，她的這兩位朋友很喜歡去那裏，經常在那裏泡茶聊天，一待就是一下午，可是我待在那裏，卻覺得像是待在一個陰暗潮濕的大洞穴裡，不太舒服。」

「所以你發現了他們在我剛說的基本屬性，性格，才能，喜好等等上面都有著聯結是嗎？」

「恩。」白洛普點點頭。

「但大部分的人類察覺不到這一點，過去曾經有察覺到自己或他人有動物那部分的人類，稱他們動物的那一部分為「護法」，因為他們懂得借用這些動物的天分能力來成為他們在某些情況下的嚮導。」西亞納又說。

「那故事書裡的妖魔是什麼呢？」白洛普突然想起了什麼似的說。

「生命是一體平等的，沒有高下優劣之分，但是在與源頭分離的意識下，是的，黑暗是存在的，就像白天與黑夜，源頭創生出了兩極化的存在，也可以稱另一極為原生異常，一個人類或者從人類生命移動出來的靈魂如果不明白自身所來自的源頭原本就是無缺圓滿全能光明的，就有可能因黑暗所展現的力量而膜拜那個力量，或者因為自身的不當慾望使得黑暗有機會欺騙與引誘，接受或允許自己等同於那種可以滿足他們短暫慾望的黑暗力量，最後不得不受魔指使，錯誤的使用能量造成其他生命的傷害。他們並不知道，這樣其實是創造了一個相互毀滅的一個時空環境，所以，就算是最黑暗的魔王，也只不過是他迷失自己本質的光而以為自己等同於魔王的一個存在體而已，我們也會協助像這樣的個體發現自己的本源。」

「怎麼協助呢？」

「當一個個體因為明白自身所犯的錯誤而發出悔改的能量時，我們就會介入並想辦法讓他們進入光裡面，他們就會發現他們是生命的存在而不是等同於某種思想系統的傀儡，並且每個存在都是整體的一部分這個真相。」

「所以不用害怕鬼怪了嗎？」

「所謂的鬼怪可以說只是一個圖片而已，類似像一個人戴了一個可怕的面具去嚇別人，只要你知道那只是一個迷失本源的存在的時候，圖片的作用就消失了，當妳一點也不感到可怕的時候，他就一點辦法也沒有了。但是如果你不知道他的形象是假的，相信他真的有能力傷害你他就真的能夠傷害你，那是頭腦的恐懼造成的一種錯誤的信念，記住，恐懼等同了某種形式的允許，如果你不想經歷這個恐懼的過程，就不要給這虛假的面具支持的能量，也就是說黑暗的確存在，但是並不真實。」

「我知道洛普聽到虎姑婆的故事，嚇得睡不著覺喔！哈哈哈哈……。」梅鈴終於忍不住開口了。

精靈西亞納笑著轉身往後方飛去不知去幹麻。

「那是小時候的事了啦！」白洛普有點不好意思的說。

「你現在長大啦？」

白洛普不理牠，選了一個大石頭坐著，靜下來思考著剛才的對話。

確實，她感覺到自己已經不是一個小孩了，西亞納所說的一番話，她好像從很久以前就知道了，或者說，精靈只是證實了她一直以來所感覺到的。

西亞納飛了回來，手上多了一個東西，那是一朵小花，白色圓形的花瓣，中間是粉紅色的花蕊，遠遠的就聞到了她的香氣。

「這朵花跟我說，她願意跟你分享她自己，讓你帶走並享受她的存在，這就是植物存有的意識，他們樂意和動物分享他們自己，甚至透過所攜帶的能量包括氣味來療癒牠們，因為他們很清楚所有的存有都是整體的一部分，期待與所有的存有共存共榮，合作分享，但是如果人類也濫虐他們的話，他們也會停止分享他們的能量。」

「會有那一天嗎？」

「以你現在的時間點的未來，某些地區因為人類的違反自然，會有一個時期是這樣的，但不會是永遠，每一個個體所發出的思想能量無論好壞都會回返給自身並牽連整體，包括我們精靈界也會受到波及，因為思想本身是速度最快的傳輸，所以集體思想所創造出來的力量和作為是很強大的，那決定了大多數人未來所要經驗的實相，有些想要控制人類的非人存有，會利用這一點創造謊言和錯誤的信念，來慫恿人類發出彼此傷害的思想和行為，甚至傷害萬物生命，如果人類容許了，就會有你剛剛擔心的那種結果。然後人類會一直往那個方向走直到一個不得不回頭的點，因為能量會回返，甚至是回返到一個極端甚至瀕臨毀滅的程度，到那時人類才會看到自己對其他生命所做的其實正是對自己所做的，自己的世界其實是自己所容許出來的這個真相，最後人類必須勇敢地用自己的雙腿站起來承擔，收拾所有的殘局，朝著更進化的生命重新再開始，到那時，人類的生命就會朝著像我們光精靈世界這樣的方向去改變了。」

「我真希望這一天快一點到來，我等不及了！」

「妳已經在這一天裡面了，否則妳是看不到我的，妳只要繼續保持妳的振動，小心不要在這個世界迷失，妳就可以照妳所願去協助其他人類了！」

「你怎麼知道我想做什麼？我又得怎樣做才不會迷失呢？」白洛普驚訝的問。

「意念的傳輸是最快的，就好像你往往在別人還沒開口你已經聽見別人要說的了，至於不迷失，你只要保持對每一個當下的覺察，注意你自己的呼吸就可以了。」

白洛普聽了點點頭，那確實是她常有的經驗，但她對另一個問題有點不放心。

「那萬一我迷失了呢？好比說，有人給了我難受。」

「如果妳正在走妳的路，有一個人突然把妳拉進他的洞穴裡面，丟不好的東西給妳，讓妳也丟過去跟他玩這個不舒服的遊戲，妳就直接走出那個黑暗的洞繼續走妳的路就好了，妳不回應他的強迫，一切自然就停止了，如果因為此類事件的發生，陷入恐懼或惱怒的情緒當中，也不要責怪自己，停下來接受自己的情緒，然後再好好呼吸，讓光與愛再次進來充滿自己，我教你一種呼吸的方法可以快速回到與源頭連結的自己。」

西亞納教白洛普，用鼻吸氣數四下，停數四下，再用嘴吐氣數四下，再停數四下，四個區塊的時間相等。這個呼吸的方法白洛普試了一陣子，感覺神清氣爽，在呼吸暫停的當下，更有一種寧靜喜樂的感覺，西亞納告訴她，那正是她與源頭整體連結的時刻。

這一天，他們一直聊到快中午，白洛普才不得不告辭，臨走前，白洛普想知道聯繫西亞納的方法。

「我要怎麼能夠找你呢？」

「西亞納是我真正的名字，一個存在真正的名字如果被叫喚他就得回應，這也是為什麼你現在還不能知道自己真正的名字的原因，因為在這個世界目前還不適合。」

「嗯！我知道了，謝謝你！」

「妳不用謝我，我們是一體的。再見了！」西亞納高飛了起來然後就不見了。

「再見。」白洛普抬頭看著她離去的方向輕輕的說。

第十一章 祥雲寺

簡家正室生了三個寶貝女兒，分別是簡和祥、簡和雲與簡和慧，老大簡和祥嫁給了醫家白震山，老二簡和雲決定終身不嫁，誰也沒有料到有一天，老三簡和慧會突然要求父母，讓她出家當女尼。

簡和慧從小就是個凡事開開心心、永遠笑咪咪、樂天知命、不爭不搶的孩子，像她這樣什麼也看得開、凡事都不計較的孩子，自然成了簡家父母身心疲憊或煩惱憂慮之餘的開心果，尤其是簡父，要是遇上什麼不順心的事，只要見到這個女兒，什麼煩惱都瞬間忘了，她總是帶給身邊的人滿滿的鼓舞力量，她的笑容本身就像在說：我很愛你，你也讓愛流動起來吧！

對簡父來說，這個女兒，教會了他生命於當下感知喜樂與感恩的可貴，原本他還暗自算計，如何讓這個女兒既嫁得好人家又能嫁得近些，以便還能時常回家來探望兩老，只要能達到這個目的，花多少錢他都不在乎，可是他萬萬沒想到，讓他感到天旋地轉、翻天覆地的，不是這個。

「什麼？妳要出家？孩子啊！妳想修行的話，母親一萬個同意妳，可是這修行不一定非得出家不可嘛！家裡可以蓋個佛堂啊！你說是不是？」簡母焦慮慌張地一面說，一面給簡父使著眼色。

「對對對！妳娘說得對！我趕明兒個在家裡給妳建個大佛堂，妳要供什麼佛我就買什麼像，妳要像二姊一樣終身不嫁那也行，總之妳能不能不要出家啊？我的心肝寶貝女兒啊！」簡父說著忍不住急得以袖掩面哭了起來，因為即便簡母提的方案看來可行，但他實在太了解這三個女兒從小說一不二的那種性格，他知道抗爭無效，但也不得不面對自己無法放棄抗爭的事實。

簡母在一旁看見丈夫的失態，心裡也一樣有了不好的預感，待還想再說點什麼，卻被簡和慧一個手勢阻止了。

「爹！娘，我知道你們捨不得我，又心疼我，不想讓我吃苦，但我有我得要去做的事，這事跟你們說，你們也是不能理解的，還請您們能成全女兒。」

「爹！您與其在家給我建個大佛堂，不如在山崖邊上給我建個佛寺吧！地點我已經選好了，建築圖紙也在這兒呢！您看看？」簡和慧笑燦燦地說。

簡父聽到女兒這樣說，抬起頭來正好迎上簡和慧金光燦爛的笑容，他知道再怎麼抗爭都無效了，因為他心裡僅存的那盞希望之燈，剛剛熄滅了。

透過簡和雲的來訪，簡和祥得知了簡和慧將要出家的消息，姊妹倆對這件事，各有不同的看法：

「妳不是也不嫁的嘛！那她也只是多個身分罷了，那山邊又不遠，我們還是可以時常去看看她啊？用得著那麼激動嗎？」

「姊啊！妳是不是昏頭啦？我不嫁我還姓簡，可她出家她就得姓釋了，沒了俗家的姓，我們再也不能以姊妹相稱了，這應該不必我告訴妳吧？」

簡和雲說著又激動起來，突然蹲下抓著在一旁聽她們說話的白洛普的肩膀，定定地看著白洛普的眼睛，認真的說：

「孩子！妳知道嗎？妳三姨媽就要去出家當女尼了，今後妳只能用法號來稱呼她，再也不能叫一聲三姨媽了！」

白洛普似懂非懂的點了點頭，簡和祥在身旁嘆了一口氣。

「和雲，這世界上的每個人都是不一樣的，沒有人有權剝奪其他人的自由意志和當下的喜樂，這妳是知道的。」

「好啦！好啦！我再不走妳又要念那套相信老天爺的經了，好，妳們有慧根，我是個大俗人，行了吧？洛普我們走，姨帶妳去吃好吃的，甜餅鋪新口味的綠豆糕可好吃了！」

簡和雲說畢牽起白洛普的小手就往外走：

「欸！女兒借我一下午嗄！回見啦！」

簡父正想看看能否利用堪輿師作藉口拖延動土的日期，沒想到女兒已經先一步削髮為尼，受戒法號釋聰慧，並自找工匠在預定地點旁結草廬住下，開始準備監工寺廟的建造了，她這往草廬一住，逼得簡父不得不儘快的動土，以免女兒在草廬內捱熱受凍的，讓他一顆心想靜都靜不下來。

堪輿師說，這寺廟的預定地，前方廣場的盡頭是山坡的邊緣，山坡前方底下有一個溪流形成年代久遠的堰塞湖，後方有高山，兩邊各有一壟起的山丘，這剛好形成了一個，前有照、後有靠、兩邊抱的風水格局，對建寺來說是極佳的地理環境，不知是哪位高人看上這巧妙的寶地的，簡父沒回答，只是笑了笑，這會兒他知道，什麼叫做五味雜陳了！

簡和慧足足在草廬住了三年多，佛寺才蓋好，佛寺基本構建，一共計有前殿、經堂、左右廂房、寮房、後殿等，正殿供奉的是千手千眼觀世音佛祖，起名祥雲寺，寺前有廣大的腹地，使得整座祥雲寺看起來更為莊嚴祥和，正殿前方的左邊是假山流水，右邊是一片碎石地，中間是寬闊的大石板道一路往前通向一個往下的扶手石階梯，階梯再往下是一片平坦的石板廣場，邊緣圍著白色的欄杆，在那裏就可眺望到底下的那座堰塞湖。

祥雲寺落成後，陸續有出家的比丘尼來此定居或來此掛單，也有一些父母，因為某些因素，將無法照顧到的小孩，送到寺裡暫居，委請師父們照顧。

簡和雲時常來，一來就上香，跪在佛前許久，聽慧師父知道她這個姐姐，有塊多年的心病，也不去打攪她，讓她自己做最後的決定。

這一天，簡和雲又來到祥雲寺，她想和聽慧師父，也是她的親妹妹簡和慧說說話，兩人在正殿後方旁邊的一個待客房間，一桌邊坐著，簡和慧給姊姊泛了茶，一句話也不說的等她姐姐發話，其實看著姐姐凝重又帶著哀怨的臉色，她知道是為什麼，只是她也知道這塊心病在姐姐的心理埋藏了好多年，得給她時間好好解開這個鎖，既然這麼多年都等了，也不急於這一時。

寧靜的午後，兩人相對無語了許久，突然間，窗外飄起了細雨，雨越下越大，雨聲伴隨著斷斷續續的鳥叫聲，使得兩人所在的這間廂房顯得更加的安靜，並給人一種奇怪的感覺，彷佛整個世界只剩下她們兩個……。

終於，簡和雲打破了沉默，她哭了起來：

「我也想出家！」簡和雲還是不習慣叫自己這個妹妹師父，乾脆直接省去了稱謂。

又是一陣沉默，聽慧師父嘆了一口氣說：

「妳不是想出家，妳是想讓他看見妳出家。」

了。

「不行麼？他都能讓我等那麼多年了，我就不能出家麼？」簡和雲哭得更傷心了。

「可是他沒要妳等啊？」

「他只喜歡我，偏偏又不娶我！」

「人家都跟妳說清楚了，他有他的責任和需要完成的事，不是都叫妳不用等了嗎？」

「他明明知道我只坐他家的花轎，這不是存心折騰我嗎？」簡和雲又委屈的哭了起來……。

「那就不能怪他啦！是妳自己選擇要等的不是？」

「所以我不……我不等……我不等了……我要出家！」簡和雲邊抽泣邊說。

「唉！這個世界上每個人，都有自己想做、應該做、或是不得不做的事，無論這些事是為了實踐自己的理想，或是為了完成自己的夢想，或只是純粹為了享受在其中，那都是自己的選擇，任何人都沒有權利去剝奪、干涉或控制，妳怎麼能為了想控制他，用出家這樣嚴肅的事來撒潑皮呢？」既然是自己的姊姊，簡和慧說起話來就不客氣了。

「我就是要看到他心疼我的樣子才解氣！」

「是啊，妳終於也承認妳真正要出家的目的了，妳想讓他對妳有罪咎感。」

「他不該嗎？就他能辜負我？」

「妳知不知道，如果妳真的這樣做了，會發生什麼事？」

簡和雲想了一下，搖了搖頭。

「如果妳真的這樣做了，他也確實如你所願產生了對妳的罪咎感，第一，妳們兩人這輩子都活不好了，成了一個勒索的和一個被勒索的，就那麼一起痛苦的過了餘生，第二，妳要仔細聽好了，這樣的思維模式將會被你們攜帶著進入你們的來生，也就是說一模一樣的情況又會再次出現，老天爺依然不會讓你們在一起，如果妳的選擇還是不變，那麼生生世世都是一樣的情況，一模一樣的痛苦，除非有人終於想通了，一個是給予別人本來就屬於別人的自由選擇權，一個是明白自己其實有選擇權不應該接受勒索，只有這樣才能打破這個循環，解開妳現下起心動念所創造出來的這個輪迴，我們佛家管這思維模式叫業力。」

「如果你明白我剛剛說的，妳可以現在就懺悔，或是在久遠的來世，受盡痛苦以後終於懺悔，如果是後者，那我還必須提醒妳一點，妳受苦的強度會一次比一次來得更大，因為這樣才會到達那個點，那個讓妳會大喊：夠了！實在是夠了！的那個點。」

「雨停了，茶也涼了，我去煮壺熱水來⋯⋯。」說著，聽慧師父拎起了茶壺走了出去，留下不再哭，但是發著愣的簡和雲。

再次見到簡和雲，她的神情改變了，眼神清明而冷靜，不再有先前的混沌，聽慧師父緩慢的泡著茶，裊裊的白色蒸汽飄散在空中，茶香隨著蒸氣擴散了開來，在下過雨的空氣中特別的清新芬芳，令人心曠神怡，姊妹倆慢慢品著茶，好好的享受著當下的美好，一切突然步調變慢了下來，彷彿無論之前有什麼急切得解決的事，對當下來說都不重要了。

「只有正在呼吸的這個當下對我們來說是有意義的，因為它有無限的可能性可以發生，不要用過去的經驗覆蓋它，也不要用對未來的幻想佔據它，當下妳給自己的是什麼才是決定妳活得好與不好的關鍵，與別人是無關的。也唯有能覺察當下，才算是真正的活著，也才能清晰地看見，自己下一步該怎麼走的路徑。」聽慧師父邊泡著茶邊說。

「那如果現在有個人跑進來這個廂房，故意打翻這盞茶，也打攪了我倆的當下，那怎麼說呢？」

「那我當然是請他出去啊。」

簡和雲覺得聽慧師父這樣回答，就好像簡和雲剛剛問了一個很笨的問題，她不服氣地盯著聰慧師父，一副「妳不要裝傻」的樣子。

聰慧師父笑了笑接著說：

「只要能活在當下就會明白要怎樣處理當下的突發事件，也會知道要如何放下不受影響。說到這裡我問妳啊，沒有人有權利打攪我們當下的寧靜對吧？」

「那是當然啊！」

「所以啊！在沒有被允許的情況下，我們也沒有權利用不好的情緒去打攪任何人的當下對吧？」

簡和雲震了一下，她知道這個妹妹又在拐著彎子講她跟她那個「冤家」之間的往事了，沒法反駁她，只好點點頭，然後她像似想到了什麼：

「如果有人想不開去尋了短，那又會如何？」

「妳說到了一個重點，就是『想不開』，思想的力量是很大的，想不開就是等同於把自己封閉起來，帶著這樣的意念去尋短，死了之後就真的會在一個封閉的空間裡，自己出不去外界也進不來，然後再度經歷那件令她想不開的事，如果她還是選擇尋短，那麼這個過程就會一再重複，也就是說她會尋短了一次又一次，一直到她自己終於選擇了一條不尋短的路來解決問題，這個自己創造出來的封閉的空間才會消失，接下來她的靈魂會帶著她看剛過去的這一生，她自己才會看到，是否真的沒有任何人愛她？是否真的沒有人願意幫她？還是因為她覺得向別人求助有違她的自我而耽誤了自己呢？」

簡和雲聽了不由得倒抽了一口氣，還好自己的想不開只有到想出家的程度，還沒到想尋短的程度。

她想起從小三姊妹裡，又敏感又容易情緒糾結的那個就是自己，不像她這個妹妹，永遠都是一副天下無大事的模樣，整天樂呵呵的，受人欺負也不在意，小時候還有點覺得她傻，甚至認為她根本就是少根筋又缺心眼的，現在她才明白，大智若愚是什麼意思。

「不單如此，當她再度回到這個世界擁有一個身體，將經歷前一世沒有完成的課題，並且課題的難度比上一次還要嚴峻。」聰慧師父接著說。

「為什麼？不是都已經明白了嗎？怎麼還得再經歷一次？那也太苦了吧！」

「靈魂進入物質身體的目的本來就是因為需要體驗，對於靈魂而言，所有的道理都是明白的，但是那種明白只是知道一個理論，透過肉身才能真實的體驗那個已知的道理是什麼，就好像我現在掐妳一下妳知道疼一樣。」

「聽妳這麼說，我想把我的難受賴給他也賴不了了。」

「是啊，妳得問問妳自己，為什麼讓妳自己難受才是真的。」

「那妳得讓我學學，怎麼才能不難受的辦法。」
「天晚了，妳今個兒就在這兒掛單吧！明天一早跟我上山去，到時我再回答妳的問題。」

第十二章　每天從心裡開出一朵花

說是一早，結果是天還沒亮，聰慧師父就來叫簡和雲起床，兩人帶了點乾糧和飲水，提著燈籠，半摸黑的朝山上走，山風吹來還挺寒涼，空氣中帶有不少的濕氣，一種帶有木質芳香的氣味，隨著陣陣山風吹了過來，簡和雲拉了拉披肩……。

「還有多少路？」

「就快到了。」

隨即他們來到有大片平原的一個高地，小心地走到高地的邊緣，就著平坦的大石頭坐了下來，往下看隱約可見底下是很深的山谷，遠方還有高山，四周有著綿延的山坡，視野遼闊，天色漸漸明亮，遠方的高山群上方出現了魚肚白，漸漸的，魚肚白變成了淡淡的紅光，接著淡淡的紅光下又出現了微黃的亮光，紅光的範圍逐漸往上方擴大向天際延伸，底下的半圓形的黃光也漸漸往上推移，最後，一個金黃的大光球從山頂曜出，整個世界頓時大放光明。

「原來妳是要來帶我看日出啊！確實很美啊！不過，這跟我的問題有關係嗎？」

「有關係的在你身後呢！」

簡和雲才一轉身就驚呆了，她的身後是，一大片從遠方傾瀉而下綿延到眼前的牡丹花海，千紅萬紫白粉嫩黃的花朵剛剛綻放，醺醺香氣令人陶醉！

「這……這都是妳種的？」

「是啊，打從我住草屋那時開始，就在忙活這個了。」聰慧師父樂呵呵的笑著說。

簡和雲看著眼前這令人驚嘆的景象，不可置信地搖搖頭。

「這麼多的花，妳這得花多大的功夫啊！」

聰慧師父沒有回答依舊樂呵呵的笑著……。

「妳光為了賞花，就花了好幾年工夫搗鼓這個？」她又開始覺得這個妹妹傻了，不過她也實在佩服這個妹妹的堅毅，以她的千金之軀竟然幹了這麼多年的粗活兒，仔細一瞧妹妹，還真是粗壯了不少，臉也黑了些。

「當然還有其他原因，這牡丹花啊，乾的花苞可以泡茶，種子能榨油，丹皮、樹根都可入藥，未來寺裡的收入就靠她們了。」

「有咱爹在，妳管這幹什麼？」

「唉！爹不會永遠在，咱家有多複雜我就不說了，對我來說，爹為我蓋寺就夠了，往後我想靠自己。」

簡和雲沉默了，她在家可拿到的份例，就是幾輩子也花不盡，這就是為什麼她也不用急著嫁的因素之一，想來還是妹妹有遠見，畢竟人走茶涼，指不定什麼時候風雲就變了色，想到這裡她又聯想到自己那塊老心病上去了：

「妳說說看，萬一我又想不開了該怎麼辦呢？」

「妳可以布施啊！」

「布施？妳是說，捐些錢糧我的問題就解決啦？」

「不是，那不是布施的意思，捐錢糧當然不能解決妳的問題。這世上的人啊！甭管什麼修行法門最後都能當交易買賣使，久而久之錯的就變成了對的了，真正應用佛法修行的人反而少之又少了。」

「所以呢？什麼是布施呢？」

「我先問妳啊，昨天妳還哭成個淚人兒，現在呢？」

「現在？現在當然很好啊！誰在這片花海前還能不開心哪？」

「是嘍，人在不開心的時候如果有愛的力量進來，就會像傷口敷了金創藥，不疼了又長肉了是吧？」

「恩，應該可以這麼說吧。」

「好，那妳知道愛在哪裡嗎？」

「恩，妳說啊，我在聽著。」

「她就在這兒啊！」聰慧師父指著自己的心口說。

「每個人都可以透過愛自己來療癒自己，這個愛從宇宙生成，天地洪荒時就有了，妳的腦子不認得她但是妳的心記得她，她是所有力量之母，她就是本來圓滿無缺的妳自己，只是因為妳沒有跟妳的心連結，所以妳忘記了她的存在，變成只能從別人那裏得到愛，如果得不到妳就感到匱乏、感到渺小、感到悲傷，那就好像，妳跌了跤本來用腳站起來就行了，結果妳忘了自己有腳的存在，非得人扶妳起來不可了。」

「妳想想啊！如果你自己都沒辦法愛妳自己，那妳能給別人的愛是不是就更少甚至根本沒有啦？若是人人都如此，那這世界不變成人人相互剝削，甚至吞吃的可怕地方才怪！」

「那如果我被剝削呢？我是說萬一……。」

「那妳可以選擇考慮一下是不是給些時間等別人成長，就像小娃兒站不起來的時候只能吃奶，妳也得給他長大的時間不是？若是遇到拒絕成長的人，或是妳也無法等待的時候，那麼妳也可以就是只待在妳自己正在走的路上，欣賞這路上的風景，就好像妳現在一樣不是嗎？」

「那我到底要怎麼跟心連結，找到愛呢？」

「妳看看眼前這些花兒，有沒有妳特別喜歡的？」

「嗯……粉色的挺好看，紫紅的也不錯，哎呀！還有藍色的呢！」

「妳記好了這些妳喜愛的花兒，每天啊，就從妳心的這個位置，觀想在那個空間開出了一朵花兒，然後好好兒體驗她，讓她充滿妳，就當成這是自己送給自己每天從這個世界醒來的禮物。」

「當妳持續這樣做，能感覺到這個愛的能量充滿妳自己的時候，就是妳可以布施的時候了……。」

「這個布施，就是妳觀想從妳的心放出一道光，就像剛剛的太陽一樣，在光裡有著千千萬萬的花朵，分享給這個世界需要被愛的生命，使得他們開始對愛有所覺察，然後和妳一樣，最終發現了心的力量！」

那一天過後，簡和雲的生活開始有了一個完全不同的視野，她逐漸開始發現自己有越來越多的愛可以分享給別人，她開始參與被父母留在祥雲寺那些孩童的照顧，她身邊的人都發現了，從前時而愁眉苦臉的她，變得笑口常開，也更加樂觀活潑了。

第十三章 祈禱

連續兩年，夏季的雨水不充足，尤其是今年，夏季不但缺水，還刮起了乾燥的風，好不容易進入秋天，雨水仍然不足，小山城底下不遠的平原地帶，還可以因為山上流下的溪流水勉強支應秋天的農作及飲用水，但在更遠的地區，溪水已經幾乎乾涸，水井的水也不足，正在鬧著旱災，使得秋天種下的莊稼，看起來很難有收成，不但如此，日常用水的短缺也使人們都急壞了，甚至大老遠不辭辛勞的跑來小山城汲水，山城的人們一向很友善，所以他們無論是提供勞力或者物資技術，騾子馬匹的出借等，儘可能的協助山城下的居民輸送水，白家也動員了所有的人力物力一起來幫忙，他們在支流處做了水車，加快人們汲水的速度，家裡的馬車，也加入了抗水旱的行動行列。

白洛普終於等到了和梵魯笛會面的日子，她心裡很焦急，他相信大龜一定可以解決這個旱象，解救山城下的百姓，所以她用自己最大的力量儘速的跑著。梅鈴知道她的心意，也跟著她一起，快跑如飛。

遠遠的見到荊棘林，白洛普就大喊：

「梵魯笛！梵魯笛！」

跑近的時候，她才看到，梵魯笛已經在那兒等著她了。

「別急！孩子，別急！」

梵魯笛的聲音好像有一種安撫的作用，白洛普很快的安定了下來，讓自己好好的喘息後慢慢平靜下來。

她感覺梵魯笛已經知道了她的來意，所以她就直說了。

「我可以請白龍斯拉雅達下雨嗎？」

「當然可以啊！妳可以用祈禱的方式來和他們溝通。」

「祈禱？為什麼不是直接請他們下雨就好了呢？」

「因為希望下雨的人是妳啊！其實異常的天氣起因於人們在能量上不當的使用，這些能量匯聚累積起來就自然吸引了相對應的天災，如果沒有人出來平衡一部份，白龍衪們是不能干預的，祈禱並不是跟另一個與妳自己分離的個體溝通，祈禱是跟更廣大的妳自己溝通，白龍也好青龍也好他們的裡面都有妳，妳的裡面也有他們，妳只需要將平常並沒有感知到的那個更廣大的妳自己連結起來就好了。」

「你說的和西亞納一樣，我知道了，那我該怎麼做呢？在心理祈求龍下雨嗎？」

「喔！不是這樣的，如果妳祈求龍下雨那就不會下雨了！」

「什麼！你越說我越不懂了！」

「別急！孩子，慢慢聽我說妳就明白了。」

「西亞納上次跟妳說，意念思想是最快的傳輸，也是實化的源頭，妳還記得嗎？」梵魯笛停頓了一會兒說。

「記得！」

「如果妳希望有一個下雨的結果，只要將你的光儘可能的擴充出去，把妳的思想專注在下雨的感覺就好了，如果是祈求別人來完成，那妳自己的思想是恰好放在並沒有雨而需要請別人給妳雨的匱乏狀況，那就不會有雨了，重點在你要把妳希望的結果拉進妳的現實裡面，而不是認為那是由妳祈求的對象在決定給予或不給予的。」

「那我只要自己一直想著下雨就好了嗎？」白洛普的聲音充滿了疑問。

「對了！孩子，一點兒也沒錯，就好像雨是梅鈴一樣，聽見妳的招喚牠就會過來了，我會告訴妳一個最適合的時間和地點，那跟星象有關，然後妳就可以開始祈禱，祈禱的時候並不需要說什麼，妳可以感覺正在邀情自己是龍的那一部份，進行聚集雲氣準備下雨的任務，專注的把妳記得的下大雨的聲音，氣味，空氣中濕氣的感覺，腳踩在小水窪裡的感覺帶進來，專心的想著，就好像真的已經在下大雨了，這樣就好了，妳做足夠了我告訴妳的時間就可以回家了。」

「對了！妳最好穿著你那件小碎花的衣服去喔！」梵魯笛像是突然想起什麼似的

說。

「為什麼呢？」

「呵呵呵……當妳穿著那件衣服的時候，妳可以觀想將衣服上的花都等同於妳的能量，所以那時妳的能量也同時的被花的數量給放大了，妳祈禱的力量，當然也會更大，記住，祈禱是跟更大的妳自己在對話喔！」

「知道了，我會記得穿那件衣服的，謝謝你！梵魯笛，我就知道你一定有辦法！」

「喔！妳不用謝我，我也在等妳的雨水呢！呵呵呵……。」

白洛普依照梵魯笛給的時間，一早到了山城上方的一塊空地上，照梵魯笛的吩咐，周圍圍了一圈小石頭，她只是坐在那石頭圈裡，擴大自己的光芒，專心的想著下大雨的感受，有一度幾乎已經感覺到大雨打在了她的身上，也彷彿聽見了四周都是嘩啦啦的雨聲似的，之後時間到了她就回家了，天氣看起來還是老樣，她用過中飯，就累得回房睡著了，一直睡到傍晚，突然，她聽見了遠處傳來了悶悶的雷聲，恍惚間她以為自己是在作夢，就爬了起來直奔窗口向外看，沒錯，遠處正有一大片黑鴉鴉的烏雲快速的移動過來，使得天都迅速的暗了起來，她也看到遠處一道一道的閃電劃破天空，伴隨著越來越近的雷聲，雨，終於傾盆似的下了，下得又快又急，即便在滂沱的大雨聲中，白洛普還是聽見了山城下人們歡呼的聲音，她高興極了。

正當她高興的看著窗外的雨景的時候，梅鈴悄悄的來了，牠跳到了窗台上，豎起尾巴掃了一下白洛普的臉，然後坐下來陪著白洛普一起看著雨，白洛普輕撫著梅鈴，心裡感激牠的陪伴，梅鈴舒服得發出呼嚕呼嚕的聲音，滿意的瞇著眼將頭抬得高高的。

突然，梅鈴像是看到了什麼似的對著天際睜大了眼說：

「妳看！」

白洛普循著梅鈴正看著的方向看去，只見天空的烏雲閃電中，有兩條清晰的彩色龍影在舞動著。

白洛普興奮得指著天空大叫：

「是他們！梅鈴！是他們！」

第十四章 貓的警告

時間過得很快，冬天來了，再過不久，春天一來，白洛普就要滿七歲了。依照白家的傳統，繼承人只要滿七歲，就要接受如何統領貓的訓練，白震山決定，就在一年一度入山採藥的工作結束後進行。

他不知道，他的這個決定，使得一個陰謀計畫，得提早發動。

本來，畢管家以為，白洛普是女孩家兒，畢竟以後是得出嫁從外姓的人，白震山必定不會以她為接班人選，但自從那奇怪的一天以後，白震山突然對白洛普重視了起來，不但花很多時間親自教她星象和易理的知識，並且除了白洛普平常到家裡授課的老師以外，又另外請了教她拳法和柔術的師父，這一切看在畢管家的眼裡，就像是快到手的鴨子飛了，使得他下定了決心。

畢管家從前是一個小偷，他聽說小山城裡的白家有著價值連城的「神水」，是由萬朵千年薔薇提煉成的，可以使人返老還童甚至長生不老，他因為被通緝的風聲緊，索性改頭換面混進了白家，花了點錢，假造了一個身份，也買通了村官引薦他成為了白家的管家。原本，他以為憑著他多年偷兒的身手，寶物必定手到擒來，不料卻敗在了貓的手上，無論如何也沒有機會，使得他管家一做就是三年。原本他還盼著白震山也許可能讓他將來接管白家的大權，眼看著也破滅了，使得他實在不能再等了。

終於等到了這一天，白家的採藥隊又向著高山開跋了，先行的驢子隊由老練的白家藥舖帳房方勵行領隊，提前五天出發。誰也沒發現，今年白震山對於採藥的事顯得忐忑不安，因為他想起了多年前好友的話。

那時他還很年輕，他的朋友空海已經是寺裡的住持了，兩人對於易學與天象有著相同的愛好，在學習的過程，空海優於他，白震山時有不懂之處都向他討教，有一日，空海面有憂色對他提到「那一年」的事。

「生死有命，我若真的早死，那也是天意，你一個出家人還比我更看不開嗎？」

「當然不是，你死了脫離苦海我該好好為你慶祝才是，只是這並不是最好的安排，白家三代單傳，你還有更重要的事等你去做，如果可以，或許我代你去死比較妥當。」

「你開什麼玩笑，死也能代替的嗎？就算能我也不願意，這件事你就別再說了。」

「我現在不能給你什麼肯定，我要好好研究看看，但有一事你一定得答應我。」

「什麼事？」

「白家有千年花精，此物必要時可救千萬生靈，絕不能淪落到貪心只為私利的人手上。」

「沒問題，這本來就是先祖的諭令，白家代代都守著這個規矩。」

空海搖搖頭嘆了口氣，白震山當他是還在擔心自己的生死。

「有你這句話就夠了，或許你的心意將來可以解救你，不過，你還是不能掉以輕心，那一年就算沒死，受傷看來是難免的，你得有心理準備。總之，我一定想辦法，到時在你身邊協助你渡過難關。」

「你幾次在採藥時救了我，我這條命總之已經是撿來的了，若是該去就去了吧！別費神了！」白震山瀟灑的說。

白震山一直覺得，空海像是他的朋友也像兄弟更像他的導師，他很珍惜這個亦師亦友的知己，他知道空海的資質不凡，所以也一向聽從他的建議，當十方禪寺的悟行方丈在圓寂前，將衣缽交給了空海，白震山一點兒也不意外。

這一年終於到來了，白震山此時並不是怕死，也不是放不下白家的基業，而是對於尚年幼的白洛普，讓他不知道自己若是有個萬一的話，她該怎麼辦。

出發採藥之前，白震山給自己的未來以筮竹卜了一個卦，出來的結果是代表了窮山惡水的「蹇」卦，他的心中一突，所幸卦象有出現變卦，是重新回復的「復」卦，無論如何，他為了今年人們需用的的藥材，決心仍然帶隊上山，只是多了格外的警覺，也特別比以往多帶了一些人上山。

但是白震山萬萬沒想到，他才一出發，畢管家就假借他的名義，說今年採藥隊會遲歸，所以要大家放假三天，各自回家休息，因為還在新年的期間，大家也不疑有他，回家的回家，玩樂的玩樂，都散了，連往年一定會留守的安大夫，也被畢管家勸回家了。

所有的成員都走了，只剩下負責門房的老班，老班名叫魯雲班，獨身一個人沒有家室，他不菸不酒不賭，個性耿直，他覺得白震山不在家，說什麼他都得堅守崗位，不能離開，無論畢管家如何勸說他休息個一兩天上街去玩樂，他還是不為所動，畢管家拿他沒輒，只有另想辦法。

白震山啟程的當天下午，畢管家就帶了十幾個人來，他告訴門房老班，他們都是白震山請來幫忙看家讓大家可以放放假輕鬆輕鬆的人手，老班雖然感到有點奇怪，但還是相信了畢管家的話將那十幾個人，放行進了白家。

事先，畢管家在白震山的書房，偷了招喚貓的哨子，貓兒們聽哨以為主人回來了，全數到達了白家仁濟廳，當他們發現那裡空無一人時，畢管家已經以他偷兒的身手從窗戶迅速逃逸，並同時鎖上了窗子，所有的門也立時被人從外鎖上了，是以當貓兒們發現被騙，已經來不及了。

鎖住這些貓，畢管家覺得快意極了，想起過去受貓氣的那一幕幕，每次小心翼翼的關上門進房，以為這次貓沒得逞的時候，才發現不知什麼時候，被子床褥早就被尿了，最可恨的是在冰天雪地的冬夜裡，只是翻個身就躺在了貓尿裡，才發現窗子不知道什麼時後又被弄開了，那滋味是想哭都哭不出淚來，比較起來，直接尿在門口讓他出門就踩到簡直是恩惠了，除此以外，抓破搗壞的物件更是細數不盡，今天終於可以一吐三年的怨氣了，沒有了貓的威脅，他也終於可以放膽搜索白家寶庫了。

其實畢管家老是被貓尿被褥又破壞物件的事，大家都知道，大家只以為他跟貓不和，所以貓不喜歡他，卻不知道，所有的貓都知道他不懷好意，牠們這樣做，是在對白家所有的人提出警告。

畢管家同時將白洛普的母親鎖在了房裡，到了這一天，白洛普的母親，才知道過去這麼多年，都被這看似盡心盡力為白家上下打點，熱心勤快的管家給騙了。後來，她被關起來不久後，聽見了像是斧頭砍擊庫房門鎖的聲音，老班的叫聲，打鬥聲，還有遠處群貓的嚎叫聲。她想到白洛普人還在外頭，心急如焚，希望她在這時候不要回來。

白洛普此時，正在小城東邊不遠的空地上和其他孩子們一起玩著，突然，梅鈴發出了前所未有的嚎叫聲，孩子們都嚇呆了，白洛普心裡一緊，知道家裡有事發生了。

「什麼事？梅鈴！」

「達可傳來了壞消息，牠們被騙，關在了仁濟廳，畢管家帶了人進家裡搶劫了，牠們從窗戶看到，妳的母親被鎖在房間，老班被綁了起來，大家現在正在設法看看能否抓開窗戶或門。」

「那我們現在去放他們出來！」

「等等，他們人很多，妳是小孩子，我們先偷偷想辦法潛進去，先去到妳母親的房間再說吧！」

「嗯！」

白洛普一面拔足狂奔一面在心理叫喚小石頭和芬多，她想到了一個辦法。

正當畢管家放心大膽的令人用利斧想劈開白家庫房鎖的同時，令他萬萬沒想到的是，大門外竟傳來老帳房急促的叫聲。

「老班！老班！快開門！老爺受傷了！老班！」方勵行大聲喊著。

無奈此時的老班，被塞著嘴，只能發出一些鼻音，無力提出警告。

畢管家從門縫看到，除了方勵行，另外還有兩人抬著擔架上的白震山，白震山的左腿腳踝處腫成一個大包，看起來是扭著了。

畢管家吸了一口氣，招手喚了他的人過來，小聲的吩咐了他們後就離開去，正當方勵行感到納悶，看到門一開以為是老班就往裡衝，口中還喊著安大夫，但他進門發現不對勁時，已經遲了，他和另外兩人在沒有防備的情況下，被人從旁架住了。白震山不敢相信眼前發生的這一切，但他告訴自己要警覺，以至於他不吭聲的看著當下的場景，心裡想著那個復卦。

方勵行三人一樣的被綁了起來，白震山被送到了白夫人的房裡關在一起，這一切，都被趕回來躲在圍牆窗外的白洛普看在了眼裡。她趁著所有人都背對大門的時候，迅速閃進門，先躲到了母親房間外的窗下，那是一片種著藥草花園的區域，誰也不會注意到。

另外沒有人注意到的是，一隻鴿子背上揹著一隻小老鼠，飛進了老班的門房裡。

「小石頭！快點，鑰匙在哪裡？」

「我在找了！」小石頭踮著腳尖，下巴抬高四處嗅著。

「有了！」小石頭快速的爬到桌子上，吃力的推開了一個匣子，裡面有一個大環，大環上串著許多鑰匙，芬多二話不說，叼起那個大環就飛，雖然對她來說那串鑰匙很重，她還是努力用他最大的力氣飛到白洛普身邊。

趁無人注意，白洛普快速無聲地跑到門邊，用鑰匙打開了母親的房門，當白氏夫婦看到女兒的身影在門口出現，幾乎不敢相信自己的眼睛。

白洛普的母親先回過神，立刻說：

「洛普！妳別進來，快出去，走得越遠越好！」

「對！女兒，妳媽說得對，妳快走！快走！」白震山也跟著說。

白洛普此時已經進到屋內，跟在她身邊的是梅鈴。白震山看到了梅鈴，心中燃起了一絲希望，但他實在不希望由女兒去犯險。

「我來是要你們放心，一切我都想好了，不會有事的！」白洛普好像一夜之間長大了似的，無論是眼神或者說話的語氣，都顯示了她的堅定和決心。

「可是，妳畢竟還是個孩子，我也還沒有傳授給妳訓練貓的方法技術。」

這時簡合梣突然像想起了什麼似的轉頭對著白震山說：

「震山！讓她去吧！」

簡和梣站了起來走到白洛普身前，雙手撫著她的頭說：

「孩子，過去是媽錯了，請妳原諒我，妳要以自身安全為重，快去吧！」她的神情，顯得和白洛普一樣的堅定。

白洛普笑了，點了點頭。

「嗯！」接著她就和梅鈴一起跳出了窗外。

白洛普到了仁濟廳的窗外，解開了窗戶外的鎖，所有的貓在她的指示下安靜的蜂湧而出，這時畢管家和他的打手們已經開了庫房，進入裡面大肆的搜索，沒想到庫房裡面並沒有什麼金銀財寶，也沒有什麼名貴的藥材，更找不到傳說中的神水，他們不知道，白家庫房一直都只是一個掩人耳目的幌子，真正的寶物藏在一個神祕的地方，入口只有白震山知道。

畢管家眼看沒有得手，氣得拿起東西就摔，不料身後卻傳來了令人毛骨悚然的聲音，那是一群貓發出的低鳴，他猛然回頭，看見他們已經被貓團團圍住，所有的貓豎起了身上的毛，拱起了背，使得他們看起來至少大了兩倍不只，他們壓低前腳做出隨時伏擊的姿勢，眼神凶惡的瞪著畢管家一行人，為首的幾隻大貓緩緩地左右踱著步，轉著頭用像是正在噴著火的眼睛殺氣騰騰的盯著他們，一面發出可怕的低鳴聲。

畢管家看見，貓身後的是白洛普，他實在不知道她是怎麼做到統御這些貓的，他雖然心裡害怕，但是他還是硬著頭皮想頑抗，畢竟白洛普是個小孩子，也許擄了她，反而可以要脅白震山交出寶物和神水。

「管家，請你帶著這些人離開吧！我不會讓貓兒們傷害你們的！」白洛普的聲音清晰而冷靜。

「妳這乳臭未乾的小毛孩，憑什麼跟我說這話！大家快抓了這孩子，有賞！」

正當畢管家的打手們舉起武器的當下，貓兒們已躍起、出爪、閃身，所有的動作一氣喝成，在他們還沒來得及反應，已經皮開肉綻，鮮血四濺，哀聲連連。白洛普當下趕緊下令不可傷及要害，即便如此，貓兒們在非要害處的下爪，也讓這一幫人吃足了苦頭，有些傷口甚至深可見骨。

沒有人願意再與這些貓交手，所有的人都丟下武器拔足狂奔，畢竟當初是為了利益而來，沒有人想賣命，只剩下畢管家一人被貓逼得跌坐在地上，驚恐的看著眼前步步逼近的貓群。

這時被綁的老班一行人看見了一個奇景，一隻小老鼠爬到了老班的身上，啃開了他的繩子，然後就跑走了。解開束縛的他們看見了庫房的景象，明白了白洛普已經控制了整個局面，就去將白震山給抬了過來。

「老畢，你要是有什麼過不去的，你跟我開口我一定幫你，你這樣做是何苦呢？」白震山仍然不敢相信眼前見到的一切。

「哈哈哈哈！我不是什麼老畢，我叫劉百樹，外號賊白鼠你聽過吧！」

確實，這是一個江湖上有名的賊，號稱無所不偷無偷不到，他已經銷聲匿跡了許多年，人們以為他已經金盆洗手不幹了，卻沒想到他隱身在白家，只為了挑戰傳說中沒有一個偷兒得逞過的白家寶庫。

白震山閉上了眼，嘆了口氣，就揮揮手，讓貓兒們讓出了一條道：

「你走吧！你已經見識過了所謂白家庫房，除了藥材並沒有什麼值錢的寶物。」

「呸！浪費了你大爺這麼多年時間，還受你們這些貓膩的氣！」賊白鼠仗著白震山不會讓貓動他，口氣猖狂了起來。

他的猖狂惹怒了早就想要爆發的老班：

「哼！我早知道你不是什麼好人了！我在白家十六年了，貓兒們從來沒有為難過我，我就不該受你騙！害我對不起白老爺，你還不走是等我轟你嗎！」

「老班你別氣，我也不怪你，反而是我自己認人不清用錯了人，害了你們。」白震山抱歉的說。

「恩！不！是他不對！不是你！」老班急得比手畫腳了起來。

「夠了！白震山，今天算你爺運氣不好，你讓我走不送官，算我欠你一次。」賊白鼠明白這個台階不得不下，說著就起身走了出去。

第十五章 魯大白

白家的門房魯雲班，對於畢管家帶人進家裡來搶劫的事件，一直耿耿於懷，即使白震山多次告訴他，那並不是他的錯，但他還是認為，自己沒有盡到門房的責任，錯放了那批人進家裡來，以致引發了一場禍事。

魯雲班聽說，狗能以嗅覺來辨別人的好壞，他就託朋友幫他留意，看看哪家有吃奶的狗崽子，心理琢磨著養一隻狗來幫他的忙，這樣以後要進門的陌生人，就能有隻狗兒來幫他提醒提醒，好讓他心裡有個底，不至於再發生憾事。

可以挑選的狗兒還不少，魯雲班看來看去，最後挑了一隻體型碩大，全身雪白，方頭大臉再配上一雙大垂耳的短毛狗，起名魯大白。

魯大白雖然看起很大，但其實牠只是個六個月大的小娃兒，正是活潑好動、凡事好奇、調皮搗蛋的年紀，魯大白一到白家，白家的貓兒們立即自動分成了三派，分別是「冷漠派」、「親白派」和「打白派」。

冷漠派就是對魯大白的到來冷漠以對的貓群，牠們對狗的熱情不理會也不回應，除非大白的熱情惹到牠們，否則基本上牠們是來個視而不見，儘量避免接觸的態度。

親白派則以幼貓崽居多，牠們會主動找大白玩，時而磨蹭牠、睡牠的舖、吃牠的食，展現的是貓狗一家親的溫馨畫面。

打白派有個帶頭的首領叫琥珀，牠是一隻短毛的玳瑁貓，全身混雜的顏色之複雜就像牠的心思一樣，硬是比別的貓多拐了幾道彎，多長了幾個心眼，琥珀在醒著的時候，眼睛永遠是炯炯有神的觀察著四周的動靜，牠平時特別安靜，但是修理起晚輩絕不手軟，不過因為牠行動特別敏捷，是以每每在牠出手以前，沒人知道誰要遭殃，對琥珀來說，在貓地盤上來了隻狗，說什麼也得給牠來個下馬威，讓牠清楚清楚貓地界的規矩，免得牠胡闖亂闖，壞了牠過往建立起來的秩序。

是以魯大白第一天到白家，琥珀就毫不客氣的賞了牠頓海揍，雖然其實牠知道對方還是狗崽，只是手下留情的嚇唬嚇唬牠，白大魯還是瞬間明白了，若是哪隻狗以為自己體型大就可以和貓打架的話，真的是因為牠們沒吃過貓的虧。

大白如果要去牠最愛的廚房，都得要過彷彿有十八道的貓關隘，牠最怕的守城關將當然是琥珀，偏偏這隻堅持貓狗不同道，界線要分明的打白派首領，時常出沒在最靠近廚房的區域，萬一不幸遇上琥珀時，唯一的對策是硬著頭皮快跑闖關，當然那就得免不了掛點彩，並非大白覺得這闖關遊戲刺激好玩，實在是因為牠太貪吃了。所以冷眼旁觀的冷漠派有時會說：「那個不要命的又來了」。不過即便這是個玩笑話，白洛普還是要達可注意這件事，必要時管管琥珀牠們，讓大白在家裡能平安地走動。

第一個發現大白是隻貪吃狗的，當然是牠的主人魯雲班，一開始老班以為是巧合，次數多了以後，他還真是開了一個前所未有的眼界，那個眼界就是，每當老班腦子裡有了來塊餅還是什麼點心的想法的時候，就會看見大白從不同的方向朝他跑來，端坐在他的眼前嘿嘿地笑著，一邊搖著尾巴，一邊使勁兒向老班眨眼使著眼色，要是老班動作慢一點，大白來不及嚥下的口水，就成了擋不住的涓涓細流了。

老班這才知道，先甭管嗅不嗅覺的，狗兒根本就是能知道人的心思，他思忖著，或許所謂的狗能辨識壞人，裡面也包括了狗能感知壞人動的歪腦筋、壞心思吧！至少經過他無數次的實驗，是屢試不爽的，當然大白堅定的貪吃，也絕對是肯定的。

白家的廚子，總是會特別留些好吃的等大白來的時候餵牠，這天人稱魏大爺的大廚魏詠然，看著吃得正歡的魯大白，臉上又有了新抓傷，忍不住說：

「小傢伙又掛彩了不是？可憐見的，今兒個又過了十八銅貓陣了吧？」

小廚子黃順趕忙拿著他給大白留的點心，過來說：

「來！敞開吃，咱是爺們咱不怕，咱不白挨揍啊！」

順子的話把大家都逗笑了……。

大白不久後發現，挨琥珀或是牠的同黨揍的時候，達可會因為聽見牠的哀叫聲趕過來相救，並且趕走琥珀牠們，這樣一來，大白想到了一個妙計，就是只要看到琥珀的身影還沒等牠動手，就開始誇張的大聲哀號，呼叫牠的「保鑣」達可來救牠，最後琥珀只好說：想不到這孫子還挺機靈！

魯雲班又發現，大白雖然貪吃，但絕不吃陌生人給的食物，無論再好吃的東西，只要是陌生人拿給牠的，牠都眼不動心不動的不理不睬，這點又讓魯雲班開了一個眼界，他心疼又佩服大白的智慧與忠誠，讚許地撫摸著大白的頭說：「伙計啊！好些人連你也趕不上呢！」

有了大白的晨昏相伴，老班不但工作上輕鬆了不少，沒有家室的他，過去總是形單影隻的，現在別說走到哪裡都有個陪伴的，就是哼哼小曲也有個忠實的聽眾了，本來他還有個血壓容易升高的老毛病，沒想到自從有了大白，白家的大夫都發現，老班血壓高的毛病就這樣給魯大白治好了。

魯大白滿一歲時體型已經比剛來的時候又大了一倍，這時，貓群們已經眼熟了魯大白的存在，漸漸地也對牠失去了關注和興趣，連打白派也少打牠甚至不理他了，只是從門房到廚房那條最短的路，大白還是選擇繞開了，小小年紀的牠，已經明白了什麼叫「直線距離雖短，曲線價值更高」的道理了。

第十六章 千年花精

白家在賊白鼠離去後，一切恢復了平靜，俗話說禍福相倚，今年的採藥隊，並沒有因為白震山的意外而減少藥量，相反的，馬隊在白家藥鋪掌櫃馬原的帶領下，意外的採到了許多珍貴的雪蓮花，其他藥材的種類與質量也都比往年要豐富許多。白震山的腳傷在白家專用的傷藥療治下，復原得很快，已經可以慢慢的走路了。

終於到了白洛普七歲生日的這一天，一早用過了早飯，白洛普就被叫到了父親的書房，到了書房，白震山已經在那兒等著她了。白震山看起來心情很好，坐在那裡手肘抵著桌面，交扣的十指輕輕的靠著臉旁，面帶微笑的看著白洛普。

「洛普，我很高興對妳說，從今天開始，妳就是白家的繼承人了！除了往後有更多祖宗交代下來的訓練以外，還有一件只能讓白家繼承人知道的事，也就是說，在我死以後，到妳的下一任交接以前，唯有妳一人知道這個秘密，我這樣說，妳明白嗎？」

「明白。」白洛普點點頭。

白震山站起身，伸手向書架上拿起了一本書後，再伸手摸向書的後方，突然，書架的一部份向兩邊滑開一個東西推向前，是一排銅管，從左到右的高矮排法，讓白洛普感覺好像似曾相識，又想不起來。

白震山看著她的表情笑了笑。

「你說說看，這像什麼？」

「這十二根銅管，莫非是十二律麼？」白洛普想起來這十二根銅管的排法，讓她想起了什麼。

「是的，這就是五音十二律（註一）的十二律」白震山滿意的點點頭。

「我們的先祖將醫病的寶物和紀錄藏到了地下，只有在銅管上敲擊出繼承人彼此口傳的一段音律排列順序，才能開啟地窖。」

接著，白震山輕聲在白洛普的耳邊唸了一陣。

「記著了嗎？」

「恩！記著了！」白洛普點點頭。

「好！」白震山從書架中的一個匣子裡取出了一個前端像槌子一樣的一根金屬棒子，交給了白洛普。

「現在，妳輕輕的把剛才我告訴你的那些音律順序敲在這銅管上。」

白洛普照著做了，當她敲完了最後一根銅管，令她驚奇的事發生了，她所站的地板向上升起並向後滑開，眼前出現了一個地道口，一排石階向下，石階的兩邊有發光的螢石，底下也有許多巨大的螢石，門開拉動了沿著石牆前方設置的一個金屬軌道內部的動力，每間格大約六尺處有一個個與白洛普等高的石墩支撐著軌道，從石墩上方的軌道上移出一個個已點燃的油燈，油燈後方的牆面上崁著一層寬約七吋的銅鏡，銅鏡反射著前方油燈的亮光，頓時整個空間大亮了起來，白洛普不禁在心中讚嘆起先祖的智慧。

白震山招呼著白洛普一起向下走去，底部是一個開闊廣大的空間，空間中分布著巨大的石柱，白震山示範的在牆上的一塊石磚上敲了一下，地道門就恢復了原狀，這裡雖然是地底下，但不知從哪裡傳來的氣流使得裡面的空氣清爽而充足，還有著各種藥材融合在一起的熟悉氣味，地窖裡面有著各種大的架子、櫃子、箱子、和許多藥酒罈子，甚至還有著許多的房間，其中有放醫書典籍和人體經絡的漆人與巨幅掛圖的房間和放歷屆祖先手札和特殊醫療紀錄的房間，裡面也放著從古到今針砭用的各種不同材質的工具，許多醫療用的寶石與珍貴的藥材，白洛普發現，光是醫書的存放量就非常驚人，甚至有一千多卷的竹簡，內容包括藥典、五色脈診、醫論、病源、病方、經脈書、病徵、脈數……醫治範圍共分為內科、外科、骨傷科、兒婦科、皮膚五官科等等，甚至還有一間房間專門是動物的傷病醫書工具與紀錄，這間房間特別的大，因為裡面存放了不同種類動物的骨架化石與動物經絡木雕與特製的外科手術用具等。

從這些分門別類的圖書室裡，白洛普不但看到了白家歷代祖先留下的古代醫學典籍和論文與紀錄，也看到了祖先們在自己的醫學研究紀錄上留下的個體性的才能與創造力，其中有一位先祖，估計應該是用了大半生的時光，以特殊的紙張與顏料，手繪了彩色版圖文並茂的藥典，這藥典比平常的書籍要更大部一些，數量多到在架上放了長長的一排，翻開這精美的藥典，生動的生命彷彿就像要從書裡跳出來似的，鉅細靡遺的筆觸呈現了每一種動植物的特徵甚至是顏色上的細微差異，令人目不轉睛、愛不釋手、讚嘆不已。

最後，他們走到了一處四周都沒有東西的空曠地方，白震山示意白洛普跟他一起蹲了下來，接著，他用一種嚴肅莊重的語氣說：

「孩子，妳看好了，這底下，就是傳說的千年花精。」

白洛普吸了一口氣，她沒想到，傳說竟然是真的。

白震山說罷，就伸手拍了一塊上面刻著一個龜形圖案的大塊方形地磚，地磚彈開了，露出裡面的一個鐵函，白震山伸手拉鐵函上的鐵環，將鐵函拉出，解開鐵函的扣，又從鐵函裡取出了一個金函，金涵內是一個雕刻著花朵的精美木函，木函取出後裡面是一個玉匣子，匣子打開，裡面躺著一個大約六吋大小白色美麗的玉瓶，白洛普看到了玉瓶有點半透明，就著光隱隱可見內部的流動，玉瓶周身圍繞旋轉著彩色強烈的光芒，她知道，這就是花精了。

「洛普，白家繼承人代代相傳的口諭只有兩個，一個就是，千年花精不可落入私人的手裡必須以天下百姓為用，第二個是一句話，是給參透這句話的後代運用，我這一代並沒有參透，也許妳可以！」白震山用一種意味深長的眼光看著白洛普。

「那是什麼話呢？」

「醫者，為音聲之校準者。」

「嗯！我記住了！」

出了地窖，白震山有一種如釋重負的感覺，他心裡知道，眼前這個女娃兒，確實是這世上唯一他可以託負之人，多年前想與朋友分享白家的秘密地窖卻不可能實現的遺憾，今天也得到了圓滿。

春末夏初時節，各處的花兒開得更繁多而茂盛，正當小山城的人們，敞徉在一片花海中的時候，山下卻傳來了不幸的消息。

一個從遠處來的商隊，帶來了可怕的瘟疫，疫情透過空氣傳染，迅速蔓延著，感染疫疾的人，初期不易被發現，但是從輕微的傷風症狀到嚴重的咳嗽，不過只經歷幾天的時間，而到咳痰階段的人，已是非常難以救治，死亡的數字越來越多，人們也在這死亡逼近的壓迫下，痛苦不堪。

白家得到消息後，整天燒著藥草水煙薰消毒，每個人都戴上了口罩，儘可能的將送來的病患立即予以協助救治，有幸的是，這個春天藥草的採收量比往年多了好幾倍，不幸的是，在這過程裡，白震山也染了病，當他發現的時候，已經開始咳嗽，這一切都來得太快，從聽到消息到發病也不過幾日的時間。

白洛普接到了通知，要她到書房與父親見面，白洛普到了書房，看見父親帶著口罩，用手示意她不要靠近，父親從懷裡取出了一個用錦緞包著的東西，放到了桌上，打開來，赫然是那瓶花精。

「洛普，我是隔著緞布取出的，妳快拿去滴幾滴在仁濟廳的飲水大壺裡給病患喝，其餘的一半倒在大缸裡一半倒進石橋旁的溪流裡，溪流底層的石塊和周圍的植物都會與花精的頻率共振，連帶著經過的溪水也會有同樣的頻率，這樣瘟疫就會在溪水所流經之處消失了，將我的話傳告白家上下讓他們盡力將消息傳佈開來，快去！」

白洛普拿了瓶子就往外跑，她先通知了家裡的大夫，將花精倒在了飲水裡，告知水的振動可以透過加入新水，一直複製下去，她管不得大夫驚訝的表情，就一路往溪流的方向奔跑，直到來到了石橋上，白洛普將花精朝溪流拋出，她看見，一道七彩的強光從瓶子裡流向溪流，立即，整條溪流都射出了了七彩的光芒，四周瀰漫著令人像置身於仙境一般的香氣，白洛普終於吐出了長長的一口氣，坐倒在地，她知道，城下的百姓和父親都有救了！

註一：

五音：五音是指古人對五聲階名的稱謂，即宮、商、角、徵、羽這五個音階。《黃帝內經》將五音和臟腑的配屬關係用於臨床，五音歸屬於五行（木、火、土、金、水），內應於五志（怒、喜、思、悲、恐），五臟（肝、心、脾、肺、腎）可以影響五音，反之亦可通過五音調節五臟功能，即通過與五臟同調的音樂達到情感的宣洩和平衡，顯然《黃帝內經》關於「五音應五臟」的論述成為我國古代音樂治療最早的理論基礎。

十二律：十二律是中國傳統音樂使用的音律。律，本來是用來定音的竹管，古人用十二個不同長度的律管，吹出十二個高度不同的標準音高，以定出音階的高低，故這十二個標準音高也就叫做十二律。音律從低到高依次為：黃鐘，大呂，太簇，夾鐘，姑洗，仲呂，蕤賓，林鐘，夷則，南呂，無射，應鐘。

第十七章 白洛普失蹤

白家的千年花精，隨著溪流所到之處，解救了成千上萬感染瘟疫的百姓，這個消息迅速的傳揚了開來，當然，也傳到了貪心者的耳裡。

這天早晨，白洛普才出門沒多久，就看到一輛馬車在眼前停了下來，馬車一停妥，立即的從馬車上躍下四個蒙著面手持尖刃的人，跟著又從馬車上躍下了四條大狗，他們將白洛普團團圍住，梅鈴立刻備戰，全身毛爆豎起來，拱起背露出尖牙與利爪發出恫嚇的低鳴聲，引得大狗狂吠不已。

這一切來得太突然，那四人中有一人命令四條狗向梅鈴進攻，其中一隻狗似乎是另外三隻的首領，牠先發動攻擊衝過來咬梅鈴，梅鈴閃電般迅速躍起出爪重傷了那隻狗的鼻子和眼睛並立即閃開，大狗立刻滿臉是血地發出哀嚎聲，另外三隻雖然仍在狂吠不已，但是腳步已往後退卻，深怕梅鈴的快爪也抓中他們的要害，直到負傷的首領再次奮勇向前，才一起撲向梅鈴。

那四人趁大狗向梅鈴進攻的同時立即抓住白洛普以尖刀抵住她的脖子並準備擄上馬車，白洛普明白被擄已是難免，急中生智，立即從口袋裡掏出手絹，扔向梅鈴。

「梅鈴！接住！去見我媽！」

此時梅鈴已分別重傷狗首領及另外三隻狗的眼睛和鼻子，牠聽見了白洛普的吩咐，在群狗的哀叫狂吠聲中，毫髮無傷的立即躍出了一道弧線，用嘴接住了白洛普的手絹，梅鈴精準的落在狗背上同時彈跳出了很遠的距離，當狗兒們正要追牠時，梅鈴已迅速的遠離，那四人見成功的擄了白洛普，也就令狗兒不用追趕，上了馬車快速的離去了。

使計擄白洛普的人，是山城下有名的大地主黃財發，就因為他實在太有錢，所以想要長生不死，永遠的享受他的財富，原本他也以為，白家的千年花精只是傳說，現在，這場瘟疫證實了這個傳說竟然是真的，令黃財發起了貪心的念頭，他決定無論用什麼手段，非得到花精不可。

梅鈴一路狂奔回家，心裡難受極了，牠多麼希望將白洛普救回，那四個壞人和那四條狗根本不是牠的對手，但是壞人手上的刀架著白洛普的脖子威脅著牠，而牠也必須聽從白洛普的口令，除了立即服從以外，還有就是多年相處之後的絕對默契和信任，白洛普從聲音中告知牠，未來她自有辦法不必為她擔心，梅鈴一邊跑一邊向家裡傳遞著消息，還沒到家，家裡所有的貓就開始躁動不安地發出嚎叫聲，使得白洛普的母親一看見梅鈴咬著白洛普的手絹奔向她，就立即明白出了什麼事，抄起手絹就直奔白震山的書房。

「怎麼會呢！我們沒得罪誰啊！孩子到底是出什麼事了！」白震山急得出手重重的拍在了桌上，顯得心慌意亂。

「震山，你別慌！洛普讓梅鈴帶她的手絹回來，表示她身不由己的被人帶走了，並沒有生命的危險。」簡和梓坐著，看著手上的手絹冷靜的說。

「那我立刻派人去找吧！」白震山說著就準備出門。簡和梓立即喚住了他。

「慢著！你要為了女兒的性命著想，就暫時不要聲張，擄她的人很快就會有消息過來，先看看他們要的是什麼，儘快換回女兒才是。」

簡和梓正說著，有一家僕就匆忙來報說大門外撿到一封指名給白震山的信，白震山立即揭開了信，信裡只有簡單的幾個字：

「三日後，未時，千年花水，五陽坡。」

白震山頹然坐下，看著桌面怔怔的說：

「他們要的是花精，就算花精還在，我也不能給，更何況，現在要我去哪裡生出這東西來！」說罷又重重的拍了一下桌子。

「那如果我們給他假的呢？年初採的那許多雪蓮花大多都製成花精了，外人也分辨不出來呀！或是我那些陪嫁也應該能換回女兒，只要是賊，沒有對財寶不動心的。」

白震山立即舉起一隻手阻止她說下去……。

「別！就怕是太動心了，餵飽了狼引來了虎，那咱們下半輩子也別過安生日子了，看來現在也只能先用雪蓮花精試試看了！」

官府衙門的捕快向海泉是白震山多年的好友，白震山將白洛普失蹤一事，私下告訴了向海泉，希望他可以不動聲色的令他的屬下秘密進行調查，結果，沒想到這件事驚動了一個一直與向海泉某個手下有密切往來的人。

此人思慮了一夜後，第二天一早，踏入了白家大門，起先，門房老班說什麼都不肯讓他進去，即便大白對著那人呵呵笑，還搖著尾巴表示歡迎，老班仍然認為那是大白搞不清楚狀況，堅持不讓此人進入白家，後來是白震山聽說他來了，就立即令人將他請到了大廳。白震山以為，該來的總是要來，為了女兒，不管來什麼人他都該冷靜應對。

來者，是在白家做了三年的管家賊白鼠，白震山令人沏了茶，嚴陣以待，等著他發話，腦子裡想著要怎樣讓他相信給出的是千年花精。

「白老爺，我今天來，是為了洛普的事！」沉默了一陣，賊白鼠終於發話了。

白震山不意外，只點了點頭，等著他繼續說，以為他還有什麼其他條件。

「我已經查出洛普在哪裡，我今晚會將她救出來！」

白震山震驚的一度以為他的耳朵聽錯了，他完全沒料到會是這樣，一時不知如何反應，結結巴巴了起來。

「你！你！你說什麼？」

「綁洛普的人是下城的首富黃財發，他想要你們白家的神水，用來長生不老！」

「荒唐！太荒唐了！」然後他像是突然想起了什麼，轉頭看著賊白鼠。

「畢……喔不！劉先生，你，你又為什麼要幫我呢？」

賊白鼠的頭低了下來，皺著眉突然激動了起來，接下來的話，像是每個字說起來都很艱難。

「你們白家的神水，救了我娘的命！我，我對不起你們！我差點就害死了我娘，我不是人！」說著捂住了臉，痛哭了起來。

「這本來就是我們應該做的，劉先生您不必如此。」白震山立即起身雙手托住了賊白鼠的手臂說。

「白老爺！我今晚一定將洛普救出，你信得過我麼？」賊白鼠突然抬起頭說。

「他們已經通知我們三日後在五陽坡交人了，或許你用不著去犯這個險，那個大地主聽說養了很多保鑣在家裡，恐怕你不是他們的對手啊。」

「老爺！您不明白這些人，他們怕洛普指認，不會交出洛普的！」

「什麼！」白震山震驚了，在他的記憶裡，從沒受這樣大的驚嚇過。

賊白鼠豁然站了起來：

「今晚我一定將洛普平安送到府上，我賊白鼠的名號可不是混來的，我先告辭了！」

賊白鼠說罷就逕行離去了，留下白震山坐在那裡發著愣，這一切給他的震撼打擊太大了！

白洛普被關在一間房間裡，日夜有人在門外看守，她明白自己必須冷靜而警覺，她儘量使自己低著頭看起來害怕而畏縮，並對發生的任何事顯得不關心的樣子，雖然在房間以外的地方她都必須被蒙著眼，但其實她對所有一切發生的任何一個小細節，都非常留意觀察並記得清清楚楚。

這一夜，白洛普怎麼也睡不著，她想著父母不知道為了她有多著急，也想著自己未卜的前途，輾轉反側。突然，一個熟悉的聲音輕喚著洛普，是大龜梵魯笛的聲音！白洛普以為自己睡著作夢了，怎麼可能呢？並且聲音的來處不是地面上而是空中，她循著聲音的方向看去，她看見了一團七彩的光團，光團裡面有著一個半透明的光體，那是梵魯笛，正在對著她笑著。

「真的是你！我以為我在作夢呢！原來你也可以像白龍他們一樣啊！」白洛普是用心在和梵魯笛說話，所以不用擔心被人聽見。

「喔，那是不一樣的，我只是出體而已，身體正在睡覺呢！」。

「那你怎麼知道我在這兒的？」梵魯笛的出現突然讓白洛普有了一種很安心的感覺。

「喔！是妳忠誠的朋友梅鈴啊！牠跑到荊棘林大聲嚎叫，驚擾了所有的動物和精靈，也把我拉回身體裡面了。」對於梵魯笛所說的，白洛普覺得又好笑又感動。

「那我現在該怎麼辦呢？」

「喔！根據最新的情報，今天晚上就有人來救妳出去了，所以妳要保持警醒啊！」

「知道了，我會的，謝謝你的通知！」

接下來的時間，白洛普問了梵魯迪關於出體的問題，梵魯迪教了她出體的方法，以及注意的事項，雖然今天的場地不適合練習，但白洛普感覺大龜只是在告訴她一個已經很熟悉的事，是以她很有信心的知道，自己很輕鬆的可以運用這個方法，在往後安全的情況下練習出體。

「喔，妳該做準備了，要救妳的人剛剛出發了，我們下次荊棘林見啦！」說著，那團光就越縮越小，然後就突然的消失不見了。

白洛普起身，檢查桌上油燈裡的燈油是否足夠，然後就坐在桌邊等著將要發生的事，一直到午夜過後，白洛普正點著頭打著瞌睡，就聽到了門被輕輕開了又關上的聲音，這個人一身黑衣黑頭罩，動作非常快速，他看見白洛普坐在桌邊有點驚訝，然後他坐了下來，當他拿掉了臉上的罩子，白洛普吃了一驚，她萬萬沒有想到，來人竟然是賊白鼠劉百樹。

「孩子！我是來救妳的，我已經引開了外面看守的人，事不宜遲，妳相信我嗎？」劉百樹輕聲說。

白洛普看著他，她驚訝的發現過去在劉百樹周身那種灰暗的霧圈沒有了，髒色的斑塊也消失了，現在在他周身跑著的是像翡翠一樣美麗的綠色亮光，白洛普很確定這一點，因為在黑暗中，光色看得更清楚。

「嗯！我相信你，我們走吧！」白洛普點點頭說。

劉百樹意外於白洛普的乾脆爽快，但他已沒時間去驚訝，他立即蹲下示意白洛普爬上他的背。

劉百樹揹著白洛普，翻出了黃府的圍牆，在黑夜裡迅速的奔跑著，白洛普閉著眼，耳旁盡是呼嘯的風聲伴隨著劉百樹的喘息聲，白洛普心裡非常感激，她不知道到底在劉百樹身上發生了什麼事，但她知道他再也不是從前的那個人了。

劉百樹一直到跑到山下的城邊上，看到不遠處有輛馬車，才停了下來，掌車的人對他招招手，他認出了那人的身形，立即過去，準備讓白洛普上車，那是白家的馬車，掌車的人正是白震山，他顧不得一切的抱住白洛普痛哭。

「白老爺，請您還是即刻起程回府，以免節外生枝！在下告辭了！」劉百樹拱手作揖說。

「百樹兄！多謝您的大義相助！如果您不嫌棄，我希望您還能回白家來管家。」白震山回過神來說。

劉百樹愣了一下，低下頭笑了笑，點了點頭說：

「承蒙您瞧得起我劉某，他日若有可以效命之處，劉某絕不推辭。」他說著就閃身離開，融入了黑夜裡。

隔日，黃財發就被押進了大牢，這要歸功於白洛普，她對於黃家大小人、事、物巨細靡遺的描述，使得黃財發啞口無言，他沒有得到長生不老，反而變得一無所有還身繫囹圄。

第十八章 醫道

白洛普歷劫歸來，白家上下都鬆了一口氣，梅鈴更是幾乎與她形影不離，不時磨蹭撒嬌，在白洛普撫摸牠的時候還會輕咬她的手表達牠的想念，似乎要彌補那幾天分離的難受，當然，白洛普也非常感激這位忠誠的朋友想盡辦法要救她脫險的那份擔心。

白洛普不知道的是，她獲救的那一夜，有一個人因為憂慮太過，疏忽了初秋夜晚的冷風，逐漸的病倒了。那是白洛普的母親簡和祥，她自幼就有氣喘病，本該小心不要著涼，但那一夜實在無心其他，她在白震山面前，顯得冷靜而果決，沒有一絲慌亂和憂傷，她把憂傷的權利讓給了別人，自己卻承擔了巨大的壓力。

一開始母親只是有著涼的症狀，但白洛普看到父親如臨大敵的樣子，不禁也跟著急了起來，除了父親與家裡的大夫們，身為繼承人的白洛普，也希望自己能夠更用功，看看能否也幫得上母親一點忙，她花了比平常更多的時間待在地下空間的圖書室裡，只是她越是研究就越加的發覺，醫道不僅只是醫治身體病痛這樣的個人小事而已，它涵蓋了天人合一的陰陽之學，需上知天文下通地理與縱觀人事，光是與此相關的古代竹簡論文就有：疏五過論篇，徵四失論篇，陰陽類論篇，方盛衰論篇，解精微論篇……這些上古的論文顯示，醫道不但關乎個人，更關乎國家的興亡，民族的興衰，甚至是整體宇宙的未來，它是打破混沌的光明，也是掃除混亂的力量，身負承先啟後重任的白洛普，不由得感到肩上的擔子好沉重，真希望自己能有更多的智慧來理解這一切的知識。

白洛普聽說母親的病變得更沉重了，立即去看望母親，還沒進門，就聽見母親用力吸氣的喘鳴聲和吐氣時胸口發出的響聲，她止住了步伐停在了門口，沒有進去，她知道，父親正在給母親治療，而此時的母親，呼吸非常辛苦，她不想讓她還分神說話。

臥房內的白震山，用盡畢生所學，也只能讓妻子勉強能夠呼吸，試著放鬆入睡，他默默坐在床邊的椅子上，陷入這個女人所帶給他的所有過往回憶，無論如何，他都不要失去她，白震山在心裡對老天說。

白震山到了適婚年紀，往來於白家說親的媒人就沒間過，白震山的父親尊重兒子要由自己決定的心意，畢竟他自己當年也是如此，雖然因為沒有三妻四妾只得一獨子單傳，他也沒後悔過當初的決定，畢竟人生是自己的，幸不幸福也是自己選的。

白震山當時心儀的是洪家的二小姐洪若梅，她生來美艷又風趣健談，聰明伶俐，一雙大眼顧盼生姿，勾去不少名門望族公子的心，白震山也不免對她有傾慕之情，只是他不像別家的公子，像競賽一樣不斷花大銀兩只以討好洪二小姐為志。

白父原本也作了可能與洪家結兒女親家的心理準備，沒想到這一切就在那一年的廟會過後有了一百八十度的大轉變，廟會上，白震山巧遇了幼時就已相識的簡家大房長女簡和祥，簡家雖世代經商，卻是標準的書香門第，不分男女皆飽讀經史，非為考取功名，而是祖有明訓，「克盡人道，成就商道」，要簡家後人不忘商道應以人道為本，人道之完善又需藉助於讀書之功。雖然媒人也有向白家推薦過她，但他心裡裝著的是洪若梅，安排相親的事就這麼擱著了。此番相遇白震山也不尷尬，直接就上前去和這位著名的才女打招呼。

「簡姑娘今天好興致也來逛廟會啦！」

「白兄長，您不忙著相親，怎也有閒來逛廟會啦？」簡和祥停下腳步看了一眼白震山笑著說。

白震山聽著她這話裡有話，笑了笑，俗話說沒有不透風的牆，他覺得自己還是坦白從寬為好：

「那我不就是得失不記於心麼，還能怎樣呢？倒是妳呢？聽說武家的大少爺也托媒人去妳家提親了？妳看他怎麼樣？」

一聽白震山這麼說，簡和祥立即收起臉上的笑容，表情嚴肅甚至眉頭微皺，輕輕地嘆了一口氣。

「白兄長有所不知，我雖為正室長女，但我父妻妾眾多，我從小就看盡了男女間的愛恨情仇，我母也是因為如此，潛心向佛不問世事多年。那些所謂的名門貴公子，他們許多只是想用能娶到的女人來證明自己的價值，或者純粹只是感官的喜愛，新鮮感褪去喜愛也就跟著沒了，就連我爹也沒能例外，所以真相是這些公子並不是出於真正愛這個女人才與她成親，至少在我的眼裡那不叫愛，同樣的，對我而言，如果一個女人需要得到男人的愛才能證明自己的價值，那其實也並沒有愛，和多數男人一樣都只是一種虛榮罷了，所以我也不會以攀附名門為志。」

白震山很驚異一個女子能說出這些話，他不禁問：

「那照妳說，什麼才是真愛呢？」

「我從小在一個複雜的環境長大，什麼離譜出格兒的事都見過，仔細觀察了身邊人與事的細節，對我來說，信任老天就是愛，因為我信任老天，所以我知道自己是值得被愛的，我不需要別人把我喜愛的東西端上來給我來證明愛，我也不必以此來相信或不相信別人是否愛我，所以，除非有人真正的信任老天也認識我，否則……。」簡和祥走到白震山的面前看著他的眼睛。

「否則，誰也別來打攪我。」簡和祥說畢轉身對白震山揮了揮手就離去了，留下白震山一個人站在原地發楞。

之後白家與簡家要結兒女親家的消息就這樣傳開了，不顧洪家媒人突然勤快的遊說示好，白震山還是娶了簡和祥，此事激怒了洪若梅，誰也不知道，其實她根本看不起那些花錢討好她的貴公子，心裡反而對一切處之淡然一派瀟灑的白震山有好感，只是她還想多享受一下被人追捧的日子，沒想到事情就突然有了這樣大的變化，媒人遊說不果，洪若梅一怒之下，賭氣嫁給了世代為官的武家長孫武徵明，在她當了武家的少奶奶後，每次到白家診廳瞧病，不只車輾的排場大好似皇后出巡，釧釵綢緞貴玉珠寶也引旁人側目，白震山只要聽說她要來，就迅速地躲到書房去避不見客，他作夢也沒想到，自己會有朝一日，只要想起此女就直冒冷汗，一個人在書房雙手合十喃喃自語：「……祖宗保佑……祖宗保佑……。」

對於洪若梅時常的出現，簡和祥也是能事先避開就儘量的避開那些可能不小心照面的機會，其實白家人心裡都暗暗的知道一件事，就是洪若梅到白家來顯擺財富，真的是她自己一個天大的誤會，簡家世代經商，家教嚴明，對於財富的外顯一向低調，不像其他的有錢人在宅邸的裝潢上大肆的重金裝飾或是內部充滿奇珍擺設，是以相對於經商世家來說，簡家還比較給人像是書香世家的印象，只是這個印象就在簡和祥嫁到白家來時被徹底的顛覆了，是故白家人實在不是故意對洪若梅的顯富視若無睹，而是由簡和祥令人瞠目結舌的陪嫁就可看出，就算再給洪家和武家幾輩子，這兩家的財富加起來也不到簡家的一成。

就這樣過了幾年，洪若梅漸漸的不再藉病來白家了，雖然白家的大夫都知道她沒病，不來的原因其一是因為總是收不到她所預期的效果，例如看見白震山後悔沒有娶她的樣子，或是簡和祥對她這富貴的武家少奶奶羨慕又忌妒的表情，其二是因為，武徵明後來又娶了個小妾，洪若梅就把心思，都用到了如何和小妾爭風吃醋、勾心鬥角上去了。

白震山打從心裡感激眼前這個女人，簡和祥嫁給他以後，樸實簡約，不施脂粉，應對進退謙恭有禮，白家從上到下的人都喜歡她，在白家兩老相繼去世後，她更是一肩扛起家中大小事務的打理，除了處事公正不偏私，她對在白家工作的大夫，內外執事，與夥計們都特別的好，甚至對他們家裡的老小，無論是壽辰還是有什麼需要，她都會像對自己的親人一樣有禮有節照應周全，白震山心裏清楚，若不是他的賢妻有這待人處事的智慧，白震山這當家的可輕鬆不了。

白洛普直奔白家藥鋪找掌櫃馬原，想了解母親的病情。

「馬叔叔，請問我娘的病現在怎樣了，我剛在她門外聽見她喘得好大聲響。」

「是啊！妳父親正在為她針灸，藥也用過了。唉！孩子，妳要知道，有些病只能控制，是永遠治不好的啊！」馬原嘆了口氣說。

白洛普這才明白，為何每次母親傷風，父親總是如臨大敵一樣的擔心母親又犯病，原來這個病，每次治好了，下次可能又會再犯。

「為什麼呢？」

「先天身體缺損所導致的病，是根治不了的，但是妳放心，有我們在，她會恢復，不會有事的。」馬原一面搖頭一面說。

馬原轉身去拿了一個裝藥的皮囊，用之比喻為人的肺臟，向白洛普解說，肺臟如何在某些壓力之下，因小部份缺損導致漏氣，漏出的氣又壓迫了肺臟，導致吸氣量不足。

白洛普走出了藥鋪，她心理明白，母親必定是為了她這次被擄之事憂心過度，勞煩傷神，動了元氣，才會不慎傷風犯病，又因耗神過度而虛弱無力導致日漸病重，馬原的話讓她很難受，但又不得不接受事實。她漫無目的的只是走著路，想著母親正在受著的苦，又想到偏偏這種苦，連父親也沒有辦法，自己更是幫不上忙，她低著頭，心裡有說不出的鬱悶，她身後默默跟著的，是一樣憂心忡忡的梅鈴。

等白洛普回過神，她才發現，自己不知不覺，已經走到了荊棘林，梅鈴一路陪著她不吭聲，牠知道白洛普在為母親的病情憂心。

白洛普停下了腳步，她感覺自己很想哭，卻哭不出來，第一次，她有這種奇怪的感受，她就這樣和這種感受在一起，靜靜的站著。

「洛普，上次我們來，西亞納說，如果我們想見她，只要在這裡叫喚她的名字就可以了。」梅鈴轉頭看著她說。

「那我們一起在心理呼喚她吧！」白洛普盤腿在梅鈴身邊坐了下來，閉上眼，和梅鈴一起輕喚著西亞納。

「哎呀！妳今天的顏色很憂傷呢！怎麼了嗎？」白洛普睜開眼，西亞納不知何時，已在她的面前。

「西亞納，我的母親病了，她的病只能好到一個情況，不能根治，有時候會突然變得很嚴重，我不知道什麼時候會失去她！」說完最後一句話，白洛普終於忍不住大哭了起來。

「妳跟我來！」西亞納等她平靜下來，對她招著手說。

西亞納往樹林裡飛去，白洛普跟在後頭，最後他們在一棵大樹前停了下來。

「洛普，這棵樹病了，我今天本來要幫他治療，現在交給妳吧！現在，妳先看看他的光色哪裡有不對勁。」

「他的周身是一種淺亮的藍色但是有幾個地方，是不對勁的棕色。」白洛普仔細的看著，然後說。

「是了，那正是他不舒服之處。妳現在輕輕的將一隻手的手指放在有棕色的地方，另一隻手放在外圍的氣場裏，然後專注在我上次教妳的呼吸上，什麼也不用想，靜靜的看著他的變化。」

白洛普照做了，她看著她自己的兩隻手創造出了光圈，她自己發出的金黃色的亮光，融入了大樹的藍光裡，接下來她發現，大樹好像輕微的在震動著，棕色的部份越來越淺，很快的，大樹的全身就恢復了一致的淺藍色。

「行了！做得好！我們回去吧！」於是，他們又回到了荊棘林前的碎石空地上。

「那人也可以這樣醫治嗎？」白洛普迫不及待的問。

「當然可以，妳剛剛所做的，就是將大樹恢復了他原本的聲音。」

「聲音！妳剛剛說聲音嗎？」

「是啊！聲音，每個生命都有一個他自己的旋律，如果有哪裡生病了，就會出現雜音，也就是妳看見的不對勁的顏色，而顏色，聲音和氣味是可以互換的能量，妳從哪一種能量去感知個體的現狀都可以，妳剛剛是調整了他的聲音恢復正常啊！」

「那是哪裡來的力量呢？」

「這力量並非也不應該來自治療者本身，否則會出現代償的問題，萬物的一切都來自於源頭整體，我們都是源頭的一部分，在源頭裡的我們都是完美沒有缺憾的，當你專注在我教妳的呼吸時，已經與源頭連結，以源頭裡面完美的大樹為他校正聲音。也就是說在治療的同時你也必須要得到源頭意識和被治療者靈魂的允許，因為疾病的成因大部分有三種情況，第一種是起因於遺傳，這是病患與其家族人員過往的交互影響所形成，第二種是與大樹一樣因為受到周遭環境振動的影響所導致，或者因為長期習慣不良或飲食不當所造成，第三種是起因於自身錯誤的念想與行為的能量回返。第二種是最好處理的一種，直接以藥物或能量調整就好。第一種和第三種都是直接或間接的與內在發生的問題有關，此時疾病的任務是將內在所產生的問題浮現到身體的層面顯現出來，使得問題得以被看見和處理，如果不加理會，找尋內在的致病根源，就會使得病況越發嚴重最終難以醫治，若能發現問題所在，開始更正自己的行為並清理內在造成問題的思維模式和彌補對他人以及自己的傷害，使得負面的能量得以被平衡後，就不需要再繼續經歷疾病的課題，此時著手光療才能解開疾病的枷鎖，否則他們的身體對光療是不會有任何反應的，也就是說我們對這樣的病患是無法干預也無能為力的，因為他們的旅程還在進行尚未結束，只能先從其他的層面著手，例如醫館裡的推拿，針砭，藥物，都可以得到緩解。」

「錯誤的對待自己和對待別人其實是同一件事，它都是造成各種疾病的起因，如果以掠奪周遭能量以及地球母體資源而不顧慮整體福祉的方式活著就會出現很嚴重的問題，因為身體將會反映這樣的內在，出現為了壯大自己而把身體當宿主進而剝奪身體能量的腫瘤實體在身體之中，最後導致身體死亡，腫瘤實體也跟著消亡，如果只是環境影響造成的這種腫瘤，用對藥物或直接調整聲音都可以醫治，但若是因為剝奪模式導致這種疾病的話，除非人們改變自己否則這樣的病將反覆出現很難醫治。」西亞納接著說。

「那錯誤究竟要怎樣才能彌補呢？」

「聲音可以協助看不見能量的人們，與整體進行溝通傳輸，平衡過往自身所投擲出的負向能量，現在我教給妳一首療癒之歌，妳將它教給那些想要彌補過往錯誤的人們，讓他們透過聲音的能量寬恕自己過去對錯誤的容許，與自己和他人和解，觀想修復自己和他人無形的傷口，持續不斷的努力到達一定程度，他們自身就能感受到該是踏上療癒之路的時候了。」

西亞納說罷唱了一首優美的歌，白洛普將之牢牢的默背了下來。她豁然開朗了，一掃先前的陰霾，內心充滿了喜樂。

「謝謝妳西亞納，請問關於我的母親，她是屬於哪一種呢？」

「喔！妳的母親比較特別，她不屬於前面這三種的任何一種，她在很久遠以前與整體有一個約定，那約定決定了我們今天的會面呢。」

「知道了！再見！」

白洛普迫不及待的邊揮手邊往家的方向跑，她實在是等不及了，她沒想到，回去的她竟和來時的她，有這樣大的落差。

白洛普一路跑到母親房門口才停下來，恢復了正常呼吸以後，她緩緩推開了門，白震山正坐在床邊，他看見白洛普進來，立即將食指放在嘴前，示意她母親睡了，要她不要出聲。

「你看我怎麼做，先別出聲。」白洛普輕輕的走到父親身旁，附在他的耳邊悄聲說。

「妳別吵醒她啊！好不容易睡了。」白震山也附耳說。

白洛普搖搖手，示意白震山不必擔心。接著走到母親的面前，母親側身睡著，她將一隻手輕放在母親的胸前，另一隻手放在相對應的背後，過了一陣子，母親的身體開始震動，白震山不知道發生了什麼事，吃驚得站了起來，但他信任白洛普，所以只是安靜的看著這一切的發生。

不久，震動停止了，白洛普拿開了手，靜靜的觀察著母親，她發現，母親呼吸時的那種聲音沒有了，取而代之的是均勻順暢的呼吸微聲。白震山也發現了，他不可置信的看著白洛普。

白洛普輕輕的牽起了白震山的手，拉著他走了出去。

「我們去書房吧！我有話跟你說。」

他們一直聊到深夜，連晚飯都在書房吃。

第十九章 荊棘開花

白洛普將所學到的一切，教給了白震山，她知道白震山看不見光色，所以教白震山憑手指的感覺來決定那一個穴位更恰當，也指導他如何透過呼吸來使自己成為源頭能量的通道而不必受到外在其他能量的影響。

「除了我們所知穴位可以應用之外，您也可以體驗看看，有雜音也就是病灶的位置會給你有一種吸住手指的感覺，另一隻手放的點會跟這個吸住的點有拉力感，就像磁鐵的兩極，你得試著憑感覺找找看，或者你就放在那隻手上方外圍處也可以，對了！就像這樣，這就是您教我的一陰一陽之謂道……。」剛好藥房的一個夥計傷風了，白洛普一面解說一面讓白震山去感應。

「洛普，我不明白，既然白家祖先已經有人知道了這個方法，我也很確定空海也懂，為什麼他們不早點兒說呢？」

「是啊！傳口諭的那位先祖肯定是知道的，他為什麼不乾脆說清楚我也不知道，我明天跟梵魯笛有約，咱倆一起去吧！」白震山點了點頭，同意了這個提議。

第二天，白震山終於看見了那隻大龜，多年前空海曾經對他提過的，他的龜朋友，也正因為如此，當簡和祥對他說白洛普能跟動物溝通時，他一點兒也不意外。

「這個問題的答案嘛，其實你們已經到達了可以自己領悟這個問題答案的時候了，如果你們自己領悟出來，比我直接告訴你們答案要徹底清楚也有意義得多，空海也是這個意思。」梵魯笛緩緩的說。

透過白洛普的轉達，白震山對於梵魯笛的回答顯得有些失望。梵魯笛感覺到了白震山的失望，就接著說：

「人們所分享出去的決定了自身在未來所能被分享的，你們可以想想看，山城之前發生了什麼關於分享的事呢？人們的心念和行動決定了未來所要經歷的方向，你們今天回去以後，開始將療癒之歌傳開來，只要有一半以上的人願意開始內在的清理，你們就立即回到荊棘林來吧。」

照著梵魯笛的話，白震山與白洛普，先教會了家裡的大夫們療癒之歌的原理，透過幫人醫病的過程，連帶將方法傳遞出去，另外，大夫們對於光療的學習，最困難的還是在於靜心，他們發現，自己實在有太多過去沒有察覺的雜念，造成了干擾，他們得倒過來，先專注在所指導的呼吸上，接下來才能進行下一步與源頭意識連結使自己成為一個通道的練習，這時白震山也才知道，過去自己照著空海教的方法呼吸靜坐多年，對他的幫助有多大了。

幾個月過去後，小城到處充滿著療癒之歌的優美歌聲，許多人在相互教導和分享著療癒之歌以及其所帶來的內在轉變，人們沒有察覺的是，在小城的上方，出現了像花朵一樣不斷開展綻放的彩光，隱約看到的人以為那只是彩虹。

終於到了這一天，白震山與白洛普到了荊棘林，奇怪的是並沒有看到梵魯笛的身影，但是，他們兩人，已經顧不得梵魯笛在哪裡了，眼前的景象，把他們都給驚呆了。

他們看見荊棘林的荊棘枝條上，全都抽出了綠芽尖，許多靠近末端的芽尖，已經抽出了紅色的嫩枝與小小的葉子。

那一天，他們沒有見到梵魯笛，但他們知道，梵魯笛已經回答他們了。從此，他們每天都到荊棘林來，看著荊棘薔薇以驚人的速度生長著，不過只短短數十天，原本漆黑一片的荊棘林，已經是一片綠海，並且幾乎所有的枝條頂端，都生出了大大的花苞，並且仍在繼續逐漸的變大，他們知道，只要再過幾天，薔薇就要開了。

荊棘開花了，這件事沸騰了整座小城，人們再次體驗了那沁入心脾的芬芳，並驚嘆她們的美麗。白洛普向白震山描述了精靈們如何的忙碌著，西亞納並向他們預告了，這次的開花，將比上次的時間足足多了兩個月。

山城裡沒有一個人想去採摘這些薔薇，人們一致央求白家將這個傳奇，做成花精傳世，白震山同意了。在製作花精的過程，必須用到高山的冰水來蒸餾，有一個人自願擔任這項辛苦的工作，那就是白家的劉管家，他現在在貓群裡有一個新的綽號，叫

「老白鼠」。白震山為免他擔水辛苦，特地請人造了一輛可以載水的驢車供他使用。於是，他天天天未亮就出發上山打水，日復一日的，做著這輩子最開心的工作，直到花精全數完成。

花期結束後，薔薇的葉子開始逐漸的枯黃凋萎，漸漸的，荊棘林又恢復了原來的樣子，若不是她們的香氣還在，人們真的會以為，自己是做了一場夢。當然這不是夢，所有發生的一切，都補記在小山城的古誌裡了，從此，人們懷著感謝的心來看待荊棘，他們知道，荊棘和他們一樣，都真正的活著，等待花開。

第二十章 後記

一轉眼過了十年，小山城的人、事、物都有了不小的變化……。

白洛普十七歲了，她的小夥伴幾年前就陸續的離開了她，先是小石頭，然後是芬多，最後，梅鈴也在兩年前離開了，牠離開的那一年已經將近十八歲了，那對於一隻貓來說已經非常非常的老了，牠的身體逐漸不能動，離開前七天不再吃喝，白洛普每天在牠身邊陪著牠，輕輕的念著祝福牠來生的經文，那天晚上，白洛普聽到一聲輕輕地「再見」，然後是滿室的亮光，她知道，梅鈴離開了牠的身體了……。

白洛普將梅鈴葬在了小石頭和芬多的身旁，這三位走過她生命的好朋友，永遠鮮活地活在她的心裡，牠們雖然走了，但是對她的愛留下了……。

簡和雲從滿三十歲那年起，就再也沒有人問她關於婚嫁的事了，這一晃又過了十年，這一天祥雲寺聽慧師父託人給她捎了信，要她過去一敘：

「妳就出去吧！人家天天來這兒等妳呢！」

「不要，早先幹什麼去了？我不去！要問妳去問！」

「妳怎麼也得聽聽人家想跟妳說什麼不是？去吧！去了才不會後悔，快去吧！」

簡和雲緩步從祥雲寺走出，走過石板大道下了階梯，那個等在那裏的人，定定地看著她，當她越走越近，那人反而有點不知所措的緊張了起來……。

「和雲，我終於鑄成了殞鐵劍，我把祖宗的本事找回來了！」

簡和雲沒答話，只是站在那裏環抱著手臂看著他。

「我是說……我是說妳……妳還願意……妳還願意嫁給我嗎？」那人結結巴巴的說。

「都什麼歲數了，你怎麼不跟你的寶劍去成親就好啦？」簡和雲嘴上這樣說，但是她的心正像打鼓一樣咚咚咚的跳著，彷彿就快要跳到外面來了一樣，環抱著的手也自然的放了下來：

「和雲，我知道妳委屈，不過妳想想，如果有件事妳應該去做，也只有妳能做，妳會去做嗎?況且，如果我不把這鑄劍的方法傳下去，萬一影響了子孫社稷的將來，那不也是會對我所愛的人有影響嗎？」

簡和雲默默的不說話，那人的話勾起了她的回憶，這二十幾年的種種一一從腦海飄過，一陣委屈湧上心頭，她突然激動的說：

「可是你……這些年……這些年你連看都沒看我一眼……。」說著就轉身掩面哭了起來。

那人轉到簡和雲的眼前焦急的說：

「妳嫁給我！我每天都看妳，妳想要我怎麼看，我就怎麼看……。」

簡和雲從來沒聽他說過像這樣體己的話，她哭不下去了，拿開手的時候，她看見眼前的那人，竟然已經臉紅到耳根子去了，不禁噗哧一聲笑了出來，那人見機不可失，立即牽起她的手：

「妳答應啦？」

可是沒想到簡和雲臉色又一變，用力抽回了她的手，轉身就跑，但是他卻聽見她說：

「那要看你用多大的轎子來抬我！」

他楞了一下，回過神來後，隨即舉起手在嘴邊做了個喇叭筒大聲喊：

「和雲！我一定用最大的轎子去抬妳！」

接著，還站在那裏的人，眼睛又瞇成了一條縫。

小山城不是沒有辦過喜事，但從來沒有一樁喜事，是辦得像這樣沸沸揚揚的，好像家家戶戶都在辦著喜事一樣，簡和雲打破紀錄，成了山城史上最老的新嫁娘，不過她依然標緻美麗，眉宇間更多添了一份成熟圓潤，知道他倆故事的人，都給予了他們最深摯的祝福，筵席也破紀錄地擺了幾百桌，而且是整天供應不間斷的流水席，小山城好多年沒有像這樣熱鬧過了。

為了迎接這好不容易得來的妻子，吳鐵匠的房子，事前好好的重新翻修又裝潢了，他發揮了鐵匠的超強手藝，一些與木製門或家具搭配的金屬細部件，做工都非常的精美別緻，使得整個家頓時看起起來富麗堂皇，氣派優雅……最後，他似乎想起了什麼，他跑到了工作桌邊，從一個軟布兜兒裡拿出了一隻用殞鐵做的，灰黑色，看起來活靈活現，微妙微俏的小老鼠，小老鼠的手上還拿著一朵小雛菊，吳鐵匠小心的將小老鼠拿在手上放到了新房的一個櫃子上，他對著小老鼠雕像開心地說：

「欸！我娶媳婦了，你看看我的新娘子……。」

說到喜事，簡和祥四十一歲那一年，意外發現自己又有了身孕，這個消息讓白家上下都樂壞了，白震山一直不敢相信，整天像做夢似的傻笑。

簡和祥給白家生了一個白胖男娃，起名白仁普，現在已經六個月大了，剛會翻身還沒辦法坐，這天簡和祥正在忙著看帳房拿來的帳本，她對同在房裡的白洛普說：

「洛普啊！天兒變得好熱！妳給弟弟把棉衣換了，給他穿那件細麻的吧！」

「嗯！」

就在給弟弟換衣服的時候，白洛普突然瞥見了弟弟背上有一個，對她來說再眼熟不過的小斑塊。

白洛普呆呆地看著那個小斑塊，有點不可置信自己眼睛看到的，她臉上的笑意越來越濃，最後乾脆抱起了小弟弟，閉上眼睛臉貼臉的緊抱他、感受他，開心地流下了兩行眼淚……。

從白洛普開始識字，就對閱讀佛經有很大的興趣，祥雲寺蓋好後，更是時常去那兒掛單，有時一去就是十天半個月，白震山當然知道這一點也不奇怪。

終於等到了白洛普二十一歲生日，白震山依照與空海的約定，準備告訴白洛普，關於空海交代的事了，卻沒想到……。

「爹！那個龍塚我去過了。」

「嗄！」白震山嚇了一跳。

原來，白洛普在一年以前就打開了內在那扇通往時空的門，連結了從前的記憶，也穿過了大岩石，知道了自己的任務。

「這個龍塚裡面所保護的，是最接近源頭的生命種族所製造的一個裝置，這個裝置，必須在未來某一個特殊的時間被開啟，以便提供所有生命必要的保護，以及幫助他們過渡和提升到另一個新的次元世界……。」

「這麼說，這個世界是被這些你說的種族照看著嗎？」

「可以這麼說。」

「那我就不懂了，既然如此，他們幹嘛不乾脆把那些壞蛋收拾收拾，把這個世界整頓整頓，讓那些被迫害的好人喘口氣，讓窮人過上好日子，讓所有不公道的事都消失呢？」

「爹啊，您今天早飯吃了什麼？」

「嗯，芝麻燒餅外帶碗豆汁嘍。」

「昨天呢？」

「嗯，一碗稀粥就著醬菜嘍，唉我說，你問這幹嘛？到底還要不要回答我的問題啊！」

「正回答著呢，我問您啊，如果有票什麼人，每天押著您只能按著他們給的早飯清單來用早飯，您肯不？」

「那誰願意啊！我就是一次喝三碗豆汁喝到拉了肚子了，那也是我自個兒的事不是？」

「是嘍，每個生命都像您一樣想要自己選擇，也想知道這選擇的結果是什麼，這不就是生命之所以是生命的最美好之處嗎？」

白洛普走到書房的窗邊，輕輕拿起放在窗台上的一盆小花，再走回來將小盆花放在了白震山面前的書桌上。

「沒有什麼是不必要存在的，生命只要有破殼而出的勇氣，老天就會將生命帶向成長的道路，看似迫害生命的那個力量，反而激發了生命與之應對的智慧，最後成為了營養的土壤，協助生命成長茁壯，開出美麗的花朵，結出成熟的果實。」

「所以並沒有什麼好壞之分，那只是生命在不同方向的經歷選擇，最後也必然能從其中得到寶貴的教導，一個犯過錯的人就好比一個跌倒過的人，懂得要如何把跌倒的經驗告訴別人，讓別人知道跌倒的原因和感覺是什麼，好能夠幫助將要跌倒，或正在跌倒的人不是？」

「不過即便是知錯能改的人，他們尚得承受可能是兩倍的回返，若是始終不回頭最後天道循環由天罰之時，將是更多倍的承擔，另外還有一種人，懺悔對他們來說更加的困難，他們就是那一些與魔訂契約的人，他們的軀殼為魔所役，以至於所犯下的錯誤，皆是極端邪惡的重罪，正因為他們交換出去的是自己寶貴的靈魂，以至於這些人所做之事已是魔所做，本身已失去身心的主權，他們的靈魂像似被禁錮一樣的無法被連結，當時間走到這禁錮被打開之時，靈魂將承受不起重壓而裂解成碎片，使得重回生命之時，只能是蟲蠅類之小物，並且以幾乎像是無量期久的時間，次次回返、一一清償。」

「那妳剛剛說的那個保護裝置，難道就不算干涉選擇嗎？」

「正因為有外來的存有，想要完全控制這裡的自由意志，才需要這個裝置的屏蔽，好讓他們無法進來。」

「那麼我們會遇到妳說的那個時候嗎？」

「今生不會。」

「所以妳還得再來？」

「是，我會好好仔細挑選一個時間再來。」

「那我呢？我是說我們還能再碰面嗎到那時？」

「靈魂有許多個家族，我倆同屬於一個叫做杜莫的家族，這個靈魂家族天賦的本能力量是療癒，無論他們在這世上的工作行業是什麼，只要是接觸他們的人，或多或少都能得到某些與療癒有關的體驗。」

「所以這個家族的靈魂會一起投胎轉世嗎？」

「每個靈魂家族都是如此，以便相互協助成長，在未來，人們甚至不相識的人也可以透過更進化的溝通方式聯繫起來。」

白震山拿起茶杯喝了口茶，回想著方才的對話，有一種失去時空感的錯覺，也有一種活在當下的明晰，如果說今生的經歷是他自己和同伴們所共同決定的藍圖，他真的覺得，有這些同伴真的是太幸福了。

國家圖書館出版品預行編目資料

牛媽的床邊故事　療癒之花 / 牛媽 著
--初版-- 臺北市：博客思出版事業網：2023.06
面；　公分. -- (現代小說；5)
ISBN：978-986-0762-48-8(平裝)

863.57　　　　112004448

現代小說 5

牛媽的床邊故事　療癒之花

作　　者：牛媽
編　　輯：楊容容、塗宇樵
美　　編：塗宇樵
封面設計：塗宇樵
出　　版：博客思出版事業網
地　　址：臺北市中正區重慶南路1段121號8樓之14
電　　話：(02) 2331-1675 或 (02) 2331-1691
傳　　真：(02) 2382-6225
E - MAIL：books5w@gmail.com或books5w@yahoo.com.tw
網路書店：http://5w.com.tw/
https://www.pcstore.com.tw/yesbooks/
https://shopee.tw/books5w
博客來網路書店、博客思網路書店
三民書局、金石堂書店
經　　銷：聯合發行股份有限公司
電　　話：(02) 2917-8022　　傳真：(02) 2915-7212
劃撥戶名：蘭臺出版社　　帳號：18995335
香港代理：香港聯合零售有限公司
電　　話：(852) 2150-2100　　傳真：(852) 2356-0735
出版日期：2023年6月 初版
定　　價：新臺幣250元整（平裝）
I S B N：978-986-0762-48-8